夜(よる)カフェ①

倉橋燿子(くらはしようこ)／作　たま／絵

講談社 青い鳥文庫

もくじ

おもな登場人物

黒沢花美

中1。心機一転、私立中学に入ろうと、受験勉強をがんばっていたのに……。趣味はハンドメイド。

綾瀬大和

高1。わけあって、今は愛子さんの家で暮らしている。

山田星空

花美の同級生。背が高くパッと見て目立つ美人。でも学校では、仲間はずれにされていて……。

宮沢愛子

花美の叔母（花美の母の妹）。人気イラストレーター。自宅でカフェを開いている。

小林也哉子

花美の同級生。クラスの中心人物。花美のことを目のカタキにして、なにかといやがらせをしてくる。

1 新しい自分になる！

ママに借りたパソコンをオンにして、大きく深呼吸する。

画面が明るくなると、キーボードに手を置いた。

きょうは私立流星学園中等部の合格発表の日。時間きっかりに、発表のサイトにアクセスする。

まずは受験番号を入力。次に生年月日を、ゆっくりと入力した。

サイトが開くなり、思わず目をとじた。

どうか、どうか、合格していますように……。

そーっと目を開くと、そこに飛びこんできたのは、『このたびは、残念ながら不合格となり……』の文字。

「えっ！」

小さく声をあげる。思わず、体が固まった。

「そ、そんな!!」

信じられない。まさか不合格だなんて。だって、がんばったんだもん。試験だって、かなりできたんだから。

これが最後の合格発表。ほかの学校は落ちている。

くやしくて、悲しくて、涙も出てこない。

よかった。きょうはパパもママも、うちにいなくて。そばでなぐさめられたら、かえってつらくなるから。

つくえの前のかべにはってある二枚の半紙の文字が目に飛びこんできた。去年のお正月に書き初めしたものだ。

『必勝！　流星学園に合格！』『中学生になったら、新しい自分になる!!』

すぐさま半紙をはがし、くしゃくしゃに丸めてゴミ箱にすてた。

ベッドにあおむけになると、涙がこぼれる。

なんで落ちちゃったんだろう……。あんなにがんばったのに……。

まくらをだきかかえて、顔をうずめた。涙があふれてくる。

あたし――黒沢花美の、私立中学入学の夢は断たれた。

「結局、区立中学に行くしかないんだ……。」

思い出したくもない顔がうかんできた。小林也哉子だ。

ヤヤコとは三年生になったときから、ずっと同じクラスだった。

クラスのリーダー的な存在で、アイドルグループのセンターで歌ってる子に似ていることもあって、クラスの人気者。いつも取り巻きがいた。

そのせいもあってか、ヤヤコは自分の気に入らない人はあからさまに無視したり、悪口を言ったりした。

あたしがきらわれるようになったのは、五年生のときの運動会がきっかけだった。

ヤヤコとあたしは同じ赤組になった。どの競技でもヘマをしたり、みんなからおくれたりするあたしに、ヤヤコはかなりイラついて、

「あんたみたいな運動オンチは見たこともないわ！　信じらんない！」

大げさにおどろいた表情で言った。

実際、あたしは運動が苦手。動きだってニブい。あたしの最大のコンプレックスだ。だけど、まさかこれほどバカにされるとは思わなかった。

それからというもの、あたしを見ると、あからさまに笑ったり、ほかの子たちとヒソヒソ話をしたりした。くつや体操着をかくされたこともある。

みんなもヤヤコがこわいのか、いっせいにあたしをさけるようになった。それまで仲良しだった高見沢優だって、いつしかあたしをさけるようになった。

それからあたしは学校でずっとひとりぼっち。遠足もひとりきりで行動した。

だから、具合が悪いと言って、ちょくちょく学校を休んだ。なるべく目立たないように、ひっそりとすごすことに一生懸命だった。

五年生の年末ごろ、ヤヤコたちが中学について話しているのを耳にした。

「中学は地元の区立に行くよ。みんなもいっしょに行けたらいいね。」

あたしの耳がピンと立った。ヤヤコは区立に行くんだ……。

ヤヤコが区立に行くなら、あたしは私立を目指そう!

よ〜し、ようやくヤヤコとはなれられる。そしたら、今みたいに息をひそめて教室にいる目立たない地味なあたしじゃなく、明るく元気な新しい自分に生まれ変わろう！

そう、あたしだって、ヤヤコに会うまではもっと元気だったはずだもん。

まるで希望の光が差しこんできたみたいだった。だから一生懸命勉強した。塾にもまじめに行ったし、こんなにもウキウキした気分で勉強したのは、はじめてだった。

成績はぐんぐん上がった。今回受験した三つの中学は、どこも合格圏内だった。

それなのに……。


落ちこんだ気分のまま、春休みが終わり、いよいよ中学の入学式の日がやってきた。

うちのマンションから歩いて五分程度の道のりも、やけに長く感じられる。残り少なくなった桜の花びらが涙のように舞い落ちてくる。

門をくぐると、校舎の前に掲示板があり、そこに新入生たちの名前がクラス別にはり出されていた。その前には、紺色の制服の群れがいる。

ヤヤコとだけは、同じクラスになりませんように！

あたしの名前は、三組にあった。そして、見つけてしまった。三組の中に書かれたヤヤコの名前を。

空気がぬけるみたいに、シューッといっきに心がしぼむ。もう終わり……。

あたしはまたここで、息をひそめるようにして、生きていくしかないんだ。

「ハナビじゃないの。」

背後から、聞き覚えのある、ぜったいに聞きたくない声がふりかかってくる。

「よかった～。また同じクラスね……。」

ゆっくりとふり向くと、ヤヤコがニヤニヤしながら立っていた。

「あっ。」

どうしよう。言葉が出てこない。

「よろしくね～。」

ヤヤコは楽しそうに言い、さっと校舎の中に入っていった。

結局、同じクラスに、小学校のときからのヤヤコの取り巻きの子はいなかった。

けれど、ホッとしたのもつかのま、ヤヤコはほんの数日でほかの小学校から来た数人とグループを作った。

さっそく、そのグループの子たちと、あたしのほうを見て笑ったり、こそこそ話したりしはじめる。またか……。

こんなとき、あたしは思わず顔をふせる。小学校のときからそうだった。

目が合うのがいやなんだ。どんな表情をしたらいいのか、わからないんだもん。

新しい友だちを作ることは、とっくにあきらめている。

だって、ヤヤコが近くにいるかぎり、せっかく仲良くなっても、結局みんなはなれていっちゃうんだもん。ユウのように……。

だけど、ひそかに決めていることがある。

ヤヤコがあたしをいじめるきっかけとなったのは運動会で、あたしのニブいところやトロいところが気に入らなかったのだとしたら、部活はあえて運動部に入ろうと。

じつは、スポーツの中で、一つだけ自信があるものがある。バドミントンだ。

小さいころから、近所の公園で、パパやママとバドミントンをした。

「ハナビは運動は苦手なのに、バドミントンだけはうまい！」

パパはいつも、そうほめてくれた。

この中学にはバドミントン部がある。そこに入って、あたしだってスポーツができることを証明したい。

なのに――そんな考えも、すぐに打ち消された。

ヤヤコが、自分はバドミントン部に入るって、グループのみんなに話しているのが聞こえたからだ。これはもう、のろわれているとしか思えない。ひどい。ひどすぎる！

あたしはただ、ふつうに学校生活を送りたいだけなのに。


とぼとぼと足取りも重く学校から帰り、ママとの約束どおり、お米をとごうとしたとき、ママからＬＩＮＥが入った。

あたしの中学校生活がはじまったのと同時に、ママは仕事に復帰した。それで、あたしもスマホを持つことになった。パパとママとあたしの三人でＬＩＮＥをすることにしたのだ。

『きょうは残業になりそうなの。パパといっしょにごはんを食べてね。ごめんね！』

そのあとで、カエルがぺこりと頭を下げるスタンプが送られてきた。

ママはパタンナーの仕事に復帰してから、すぐにいそがしくなった。

パタンナーというのは、デザイナーさんが描いたデザイン画やイメージにもとづいて、パターンとよばれる服の型紙を作る仕事だ。

帰りがおそくなることが増えて、朝はあたしやパパよりも先に出かけていく。

仕事をがんばっているママはイキイキとして、すごく楽しそう。自分の好きなことを仕事にできるって、いいな。

だけど、ママの帰りがおそくなることに、あたしもパパもまだなれていない。

ごはんを炊くのはなんとかなったけれど、料理のうではなかなか上達しない。

料理本の中から、かんたんそうなメニューを選ぶのだけれど、どうもうまくいかない。

しかも、なんどもレシピを確認するし、ひとつひとつの作業がおそいから、おかずを一品作るだけでせいいっぱいだ。

この日は、家にある材料でできそうな肉じゃがに挑戦してみたけれど、なぜかじゃがいもがグズグズにくずれて、たまねぎと肉入りのマッシュポテトのようになってしまった。

思わずため息が出る。

「ただいまー。」

パパが帰ってきて、キッチンに入ってくる。

「おっ、肉じゃがを作ったのか。うまそうなにおいじゃないか。」

「あっ、でも……。」

なべの中をのぞきこんだパパはクスクス笑ったけど、すぐにまゆをひそめて、

「まったく……。ママも仕事をがんばるのはいいけど、こまったものだな。」

ため息まじりで言う。

ママが仕事でおそくなるのを、パパは快く思っていないみたいだ。

数日前、夜中ふと目を覚ましたとき、パパとママが言い合いをしている声が聞こえてきた。

パパは、ママが家事をおろそかにしているともんくを言っていた。ママは、仕事に復帰したばかりで、どうしてもこれまでのようにはできないのだと訴えていた。

パパとママがケンカするの、イヤだな……。

学校でもイヤなことばかりなんだから、せめてうちだけは楽しいといいのに……。

2 居場所がほしい！

結局、どの部に入ろうかと、もたもたしているうちに、入りそびれたまま二週間たってしまった。

運動部に入った人たちは、グラウンドでも体育館でも、はりきった声をあげてがんばっている。

そのわきを通りすぎて、ひとり早くうちに帰っていくあたしに気づく人は、だれもいない。小学校のときより人数が増えたぶん、ますます自分の存在感がうすくなったように思った。

とくにつらいのは昼休みだ。いろんなグループの人たちが楽しそうに話しているなか、あたしは、さも熱中しているようなふりをして、ノートにイラストを描く。あたしはもともとハンドメイド（手芸）が好き。次に作るもののデザインを考えようとして手を動かすのだけれど、いいアイデアなんてちっともうかんでこない。

たまに、となりの席の子が話しかけてきても、二言三言話したら、それでおしまい。おもしろいことも言えないし、みょうに緊張してしまって、うまく会話が進まない。

学校で楽しい気分になることはないし、家に帰ってからも、時間はたっぷりあるのに、ハンドメイドもする気になれずにいた。


ある日の帰り道、うちの近所のコンビニによると、背が高くて、肩までのびたストレートの髪の女の子が、弁当コーナーにいるのが目に入った。あたしと同じ制服だ。

生成り色のサブバッグには、貝殻をモチーフにしたキーホルダーがつけられている。

きれいな人……。先輩かな……？　こんな人がうちの学校にいたなんて……。

思わず見とれてしまう。グレー一色だった学校生活が、ほんのり色づいた気がした。

その子は迷った末に、からあげ弁当を一つ手に取って、レジに向かう。あたしはクスッと笑いをもらした。

だって、その子とからあげ弁当は、あまりに似合ってないんだもん。

あたしもなんとなく同じものを手にした。なんだかからあげ弁当がオシャレに思えてきて……。

今夜はパパもママもおそくなるという。このごろ、こうして、ひとりでコンビニ弁当を食べる日が多くなっていた。

あの子もひとりで夕ごはん食べるのかな？

コンビニを出ると、うちとは反対方向に遠ざかっていく後ろ姿が見えた。

テレビをつけっぱなしにして、朝ごはんの残りのみそ汁とからあげ弁当を食べる。気楽といえば気楽だけど、学校でも家でも話し相手がいないのはつらい。

声や言葉が、のどのあたりにつまっている感じだ。そのせいか、ひとり言が多くなった。

ふと気づくと、テレビのニュースを観ながら、「ふーん。」とか「えっ、そうなの？」とかって、つぶやいている。

お弁当を、半分も食べると、お腹がいっぱいになってくる。

「これ、おいしいね。」とか「こんなことがあったの。」とか、なんでもないことを話しながら、だれかと笑い合って食べるときとは、味がちがう気がする。

小学生のときは、学校でひとりぼっちでも、うちに帰れば、ママがいたから気がまぎれてた。今はどうやって気をまぎらわせればいいんだろう……？

はあ、とため息をついたとき、パパが帰ってきた。

「おやっ、からあげ弁当か。」

パパは、お弁当をのぞきこんだ。

「よかったら、食べていいよ。あたしはもういらないから。」

「やっぱマズいか……。」

「そういうわけじゃないけど……。」

あいまいな返事をすると、

「かわいそうにな、ハナビ。中学に入ったばかりだっていうのに、外で買ってきたもので夕食なんて……。」

パパは悲しそうな顔をして、あたしを見る。

「あっ、そんなことないから。」

「ハナビは小さいころから、がまん強い子だったからな。」

パパはそう言うと、あたしの頭をグリグリなでた。うん？　なんか話がちがってきているような……。あたしは、食べるもののことは気にしてない。ただ、話し相手がいないのがつらいだけなのにな。

「あたしは、べつに平気だよ。コンビニ弁当だって、おいしいもん。」

「まあ、むりすんな。」

パパは悲しげな笑みをうかべると、お風呂場に入っていく。けれど、すぐに飛び出してきた。

「ママは、風呂のそうじをしなかったのか？　洗濯物もたまってる。」

「時間がなかったんじゃない？　それに、これからは、あたしたちも手伝うって言ったんだし。」

とはいえ、あたしもあまりやっていない。そんな気分になれないんだ。

「ママにも、こまったもんだな！」

パパがふきげんそうに冷蔵庫から缶ビールを取り出して、コップに注ぐ。

そこにママが帰ってきた。マズい！

「ああ、つかれた〜。」

ママは食卓の向こうのソファにどっかりとこしをおろす。

「つかれてるのは、おれだって同じだ。」

そう言ったパパの声には、怒りがまじっている。ああ、またはじまる。

「どういうこと？」

ソファでグッタリしながらも、ママはパパをにらみつけた。

あたしはそっと部屋を出る。このごろ、パパとママはケンカばかり。前は、すごく仲が良かったのに……。

自分の部屋にもどっても、リビングからパパとママの言い争う声が聞こえてくる。ケンカのときの声って、とがった刃物みたい。耳をふさぎたくなる。

もうすぐゴールデンウィーク。去年までは必ずどこかに遊びに出かけてた。でも、今年はむりみたい。もし行ったとしても、きっと楽しくないだろうな。

パパとママのケンカから気をそらそうと、つくえの引き出しに入れてあるハンドメイドの本を取り出した。

この本は、ママの妹の愛子さんからもらったものだ。ほんとは〝おばさん〟なんだけど、〝愛子さん〟ってよんでって、小さいころに言われてから、ずっと〝愛子さん〟ってよんでいる。

愛子さんはイラストレーターで、料理やインテリア、ハンドメイドなどの本や雑誌にイラストを描いている。そのイラストが、どれもすごくかわいくて、こんなのほしいって自分でも作りたくなってしまう。

イラストを見ていたら、愛子さんに会いたくなってきた。家もさほどはなれているわけじゃないし、小さいころから大好きなのに、あまり遊びに行っていない。

ママが、『愛子は仕事がいっぱいあって、いそがしいから、じゃましちゃいけない。』って言っていたから、なんとなく遊びに行きづらかった。

それにママは、『あの子は、ちょっと変わっているの。』とも言って、なんとなく会わせたくないのかなって感じたこともある。

　だけど、あたしは愛子さんといっしょにいると、いつも、なんだかホッとする。そうだ、ゴールデンウィークに入ったら、遊びに行ってみようかな。

　そう思ったときだった。リビングのほうから、ドンというつくえをたたくみたいな音に続いて、ガッシャーンというなにかがわれる音がした。

　あわててリビングに行くと、パパが飲んでたビールのコップがゆかの上でわれていた。ビールの泡がこぼれている。

「いいかげんにしてよ！」

　思わず、大声で言った。閉まっていた栓がはずれたみたいに言葉があふれ出す。

「あたし、学校が好きじゃない。でも、こんなうち、もっと好きじゃない！」

「ハナビ……。」

　ママがびっくりしたように、あたしを見た。

「小学校のときから、ずっと学校が好きじゃなかった。学校に、あたしの居場所なんてなかったから。でも、パパもママも心配すると思ったから、なにも言わなかった。

それでも、うちは楽しかったから、がまんできた。だけど、今は、パパとママのケンカばかりで、学校よりもっとひどいよ！」

「だから、ママが仕事に復帰してから……。」

パパが言いかけたのをさえぎって、あたしは続けた。

「あたし、今から愛子さんちに行く！　もう、こんなうちに、いたくないっ！」

言うなり、リビングを出て、自分の部屋にもどり、急いで着がえをリュックにつめた。

いきおいにまかせて出ていこうとすると、

「落ち着いて、ハナビ！」

ママが止めに来た。

「あたしは行く！」

「待って。話をしましょ。」

「話すことなんてないよ！」

ママをおしのけて、部屋を出た。それからダッシュで玄関から飛び出した。

「ハナビ！」

ドアの向こうから、ママの声が聞こえた。

マンションを出たのは夜の八時すぎ。愛子さんちまでの道を全力で走る。

愛子さんの家までは、電車で一駅。歩くと二十分くらいかかる。

今はとにかく走る、走る、走る!!

走りながら、あごのあたりにポツンと、しずくが落ちてきた。

あせかと思ったけど、涙だ。街灯がにじんで見える。

「もういやだ！　いやだ、いやだ——!!」

思わず声が出た。

「学校も家も、いや！　がまんするのも、知らん顔するのも、なにもかもいや！

あたしは自分の居場所がほしいだけ……。」

いろんな気持ちをつぶやきながら走ったからなのか、意外に早く愛子さんの家が見えてきた。

愛子さんの家は、ママたちが子どものころ、おじいちゃんやおばあちゃんと住んでいた古い家を改装したものだ。

愛子さんは独身で、その家にひとりで住んでいる。一階の道路に面した部屋で、夕方まで『三丁目カフェ』という名のカフェも開いている。

今は明かりの消えているカフェを通りすぎる。そこにとまっている愛子さんの赤い車の奥に玄関がある。その前で、インターフォンを思いきり強くおした。


愛子さんは笑顔でむかえてくれた。

「ママから電話があったけど、ハナビ、かっこよかったじゃないの！」

「かっこよかった？」

「そうよ。パパとママをどなりつけたって聞いたわ。」

「だって、ママが仕事に復帰してから、毎日のように、パパとママがケンカして、がまんできなくなったの。」

「それでいいのよ。たまにはバシッと言ってやんなきゃね。」

大まじめに言う愛子さんの顔を見て、思わず笑ってしまった。愛子さんの言うことは、ママが言ってたみたいに、たしかにちょっとだけ変わっている。だけど、だからホッとできるのかもしれない。

「夕ごはんは？」

「コンビニ弁当を半分くらい食べた。」

「それじゃあ、お腹すいてるでしょ。」

「あっ、ちょっと……。」

たしかに、あれじゃあ食べた気はしない。愛子さんの顔を見たら、安心したのか、お腹がすいてきた。

「ちょうどよかったわ。シチューを煮こんでいたところなのよ。」

愛子さんはキッチンに立ち、なべのふたを開けた。クリーミーな香りがただよってくる。

「わあ、おいしそう！」

元気な声が出た。ああ、やっぱり来てよかった！

「あとはサラダね。」

愛子さんはうでまくりをして、冷蔵庫から野菜を取り出した。

「なにか手伝うよ。」

「いいのよ、ハナビ、ひさしぶりに来たんだから。」

鼻歌を口ずさみながら、キッチンに立つ愛子さんを見ていると、こっちまで楽しい気分になってくる。

蛇口から流れる水の音、まな板の上で野菜をきざむ音、なべをかきまわすおタマの音。どれも幸せの音みたい……。

「よし、サラダはオッケー！」

言いながら、テーブルの上にサラダをのせた。大きなボウルに色とりどりの野菜があふれんばかりに盛られている。

その中には、あたしんちでは見たこともない葉っぱが入っていて、オシャレ。

パンの焼ける香ばしいにおいがただよってきたと同時に、オーブントースターが〝チン〟と鳴った。とびらを開けて、パンを取り出し、皿にのせる。

愛子さんは、次にシチューを二枚の皿によそって運んできた。

「さあ、食べましょう！」

「は〜い、いただきま〜す！　シチューなんてひさしぶり！」

スプーンでそーっと口に入れると、かたまりに見えた肉がホロホロと、とけていく。

「おいしー！」

次にパンをほおばる。カリッというういい音がする。なのに、ふんわりやわらかくて、バターの香りがする。

「おいしー！」

もう一度言った。

「よかった〜！」

愛子さんはニコニコしながら、自分もシチューを口に入れた。

そうそう、こうだったっけ。ママがまだ仕事に復帰する前は……。

パパと三人で、「おいしい、おいしい。」と言い合って食べたものだ。

「ハナビも、いろいろ大変だったのよね。」

「うん、まあね。中学受験は失敗しちゃうし、うちの中はひどい状態だし、な〜んにもいいことない。」

自分のことになると、いっきにテンションが下がってくる。

「小学校で、五年生のときから、ずっと仲間はずれにされてたの。そのグループのボス的な子とはなれたくて私立中を受験したんだけど、今の学校でまた同じクラスになっちゃった。ほんと、ついてない。あ～あ、あの学校に入れたら、新しい自分になるぞって思ってたのに……。」

ふしぎなことに、パパにもママにも話さなかったことを、自分から話してた。

「その子とちがう学校に行ったからって、新しい自分になれるとはかぎらないわ。もしその学校にも、ボス的な人がいたら、ハナビはどうしてたかな？」

愛子さんが、あたしの気持ちをさぐるみたいに顔をのぞきこんだ。

「えっ、そんなこと、考えたこともなかった……。」

「でも、世の中にはいろんな人がいるんだもん。いつ、どこで、またそういう人に会うかわからないでしょ。だったら、場所を変えるんじゃなくて、自分が変わるしかないんじゃないかなあ。」

「そりゃそうだけど、でも、どうしたら変われるのか、わかんないよ。」

「あせらなくても、だいじょうぶ。それよりわたしが言いたかったのは、受験に失敗したからって、ぜんぜん気にすることはないってこと。ハナビがかがやくときが、ぜったいに来る。断言するわ。」

「ありがと。」

力なく答えると、

「あっ、わたしの言ったこと、信じてないでしょ？」

愛子さんはそう言って、あたしのおでこをちょこんとつついた。そのとき。

「ただいま。」

声がして、男の子が入ってきた。あたしの目が点になる。少しウェーブのかかった髪が目にかかっている。イ、イケメン！

白いTシャツに黒のパンツ、おっきめのリュックを背負ったその姿は、シンプルなのにオシャレに見える。

男の子もあたしをチラッと見た。

「おかえりー！　ごはんは？」

「食べてきた。」

聞こえないくらいの小声で、ボソッと答える。

「そう。あっ、紹介するわね。わたしの姉の娘のハナビ。」

愛子さんがあたしを指して言うと、男の子は軽く頭を下げる。

「ハナビ、この子は綾瀬大和君よ。青弦学院高校の一年生。」

「あっ、よろしくお願いします。」

うわずった声で言ったけど、ヤマト君はそのまま部屋から出ていった。

青弦学院高校って、あたしでも知ってる難関校だ。制服もかっこ良くて、みんなのあこがれの高校。ヤマト君って、カッコイイうえに、頭いいんだなぁ～。

愛子さんは、ポカンとしているあたしに笑いかける。

「あの子、人をよけようとして、うちの庭に自転車で飛びこんできたの。大きな音がしたから飛び出してみると、あの子がたおれてて。

ケガをしてるみたいだったから、病院に連れていったのよ。まっ、ケガはたいしたことなかったけど。それから、二週間くらいここにいるの。」

「えっ、でも、知らない子なんでしょ？」

「そうよ。」

「だいじょうぶなの？　知らない子なのに。」

「あら、とってもいい子よ。それに、イケメンでしょ。」

「ちょっとこわい感じがした。」

「てれてただけよ。それに、うちにはそういう子、ときどきいるのよ。」

「ええ――っ！」

あたしは大声をあげ、のけぞった。

3 自分で切りひらく！

その日は、そのまま愛子さんちに泊まった。

翌朝。目が覚めると、もう午前九時。ヤバい、完全に遅刻だ。

もうっ、どうしてママは起こしてくれないのよっ。って思ったけど、よく見ると、あたしの部屋じゃない。

そっかー。ここは愛子さんのうちだったんだ……。

パジャマを着たまま、ねぼけまなこで洗面所に立ち、はみがきをしていると、人の気配がした。ふり向くと、私服にきがえたヤマト君が立っている。

「わ――っ！」

思わず声をあげた。しまった！　この家に男の子がいること、わすれてた。マズい！

こんな姿を見られちゃうなんて……。

「あっ、おはようございます。」

はみがき粉で白くなった口をもごもごさせ、ドギマギしながら言った。

「朝ごはんだってよ。」

ヤマト君はそう言うなり、もどっていった。フーッ！

鏡をのぞくと、髪があちらこちらに飛びはね、ほおにシーツのあとの残った顔がうつってる。

あ〜、やだ。調子くるっちゃうよ。

大急ぎで着がえをし、髪もとかして、一階におりていく。

リビングにはだれもいない。通りに面したカフェのほうから香ばしいコーヒーの香りがただよってくる。

カフェに通じるドアをそっと開けた。

カフェには、シンプルな木製のテーブル席が三つと、キッチンに面したカウンター席、中央には大きなテーブル席がある。

中庭に面した窓ぎわには、古い革のソファとローテーブルが置いてある。白い壁のあちこちには、大小さまざまな木のフレームに入った愛子さんのイラストがかざられ、まるでアトリエのような空間だ。

キッチンの流しで、コーヒーカップをふいていた愛子さんが、笑顔を向けてくれた。カウンター席には、ヤマト君がすわっている。

「ハナビ、おはよう！　よくねむれた？」

「あっ、うん。でも、寝すぎた。完全に遅刻。きょうはもう、学校休んじゃおうかな。」

言ったあとで、あれって思った。こんなことも、うちではぜったいに言わない。休むとしたら、仮病を使わなくちゃいけない。

そういえば、ヤマト君は制服じゃないけど、学校行かないのかな……？

「休んじゃえば？」

愛子さんはあっさりと答える。

「ハハハハハ……。」

笑い声のほうを見ると、若い女の人がテーブルをふきながら、笑っている。

「愛子さんの、そういうところ、大好きです！」

「あっ、ハナビははじめてだったわね。わたしのイラストのアシスタントをしながら、このカフェも手伝ってくれてる早紀ちゃんよ。二十歳になったばっかりなの。」

愛子さんは、次にあたしのことも紹介した。

「よろしくお願いします！」

頭を下げると、早紀ちゃんは、

「まあ、おりこうさん！　愛子さんの姪とは思えない！」

と言って、また大声で笑った。

「まっ、失礼しちゃう。あっ、ハナビ、朝ごはん、できてるわよ。いつもは自宅の食卓で食べるんだけど、きょうはカフェを開く時間と、かぶっちゃったから。」

愛子さんは、目でヤマト君のとなりの席を示した。イチゴの柄が刺繍されたランチョンマットの上に、ハムエッグとサラダとトーストが用意されている。

そのとなりには、ブルーベリーやイチゴのジャムやハチミツなどが、ころんとした丸いビンに入ってならんでいる。

「わあ～、いただきます！」

なんだか楽しくなってきた。長いあいだ、体の中にたまっていた重いものが、とけだしていくみたい。

きのうまでとは、まったくちがう世界にいるような気がした。いつからだろう。こんな気持ちになれなくなったのは……。

席につくと、先に食べていたヤマト君が、あたしにチラッと目をやった。かっこいいんだけど、なんだかこわくて、やっぱり緊張してしまう。

「あの、いただきます。」

まぬけな声で言い、サラダにドレッシングをかけていると、ヤマト君がギロッとあたしをにらんだ。

「おいっ！」

ヤマト君の目はドレッシングのビンに向けられている。ヤバっ……、どうやらドレッシングがはねちゃったみたいだ。

「あっ、ごめんなさい！」

あやまっても、ヤマト君はなにも言わずにふきげんそうにため息をついた。こ、こわいよ〜〜。

食事が終わると、ヤマト君といっしょに食器を洗って、食器棚にかたづけた。あたしもヤマト君もひと言もしゃべらなかった。

ヤマト君って、なにを考えているんだろう。さっきにらまれたときは、こわくて背筋が寒くなった。

愛子さんが使っていいと言ってくれた部屋にもどると、すぐに充電していたスマホをチェックする。やっぱり……。

パパから三件。ママからは七件のＬＩＮＥが入っていた。どれも、あたしのことを心配している内容だ。だけど最後に、今夜むかえに行くと書かれていた。

ふいに幕が下りてきたみたいに目の前が暗くなった。

とっさに出てきた思いは、〝ヤだ〟！

ここに来てから自分ちのことを思うと、まるで暗い洞窟のようだ。

すぐにカフェにもどる。早紀ちゃんがお客さんにコーヒーを出していたけど、愛子さんの姿は見えなかった。早紀ちゃんが、仕事部屋だと言う。

一階の奥にある仕事部屋のドアをノックすると、「どうぞ〜。」という声が返ってきた。

ドアを開け、中に入ると、白で統一された部屋の中には、カラフルな置き物やたくさんの色えんぴつ、絵の道具がならんでいて、見ているだけでワクワクする。白い木の大きなテーブルの上には下書きをしたたくさんのイラストがならんでいる。

「かわいい〜！」

目を見張った。エプロンをつけたウサギの親子が、料理をしているイラストだ。

ふわっとした雰囲気の絵なのに、野菜や肉などの細かいところまで、ていねいに描きこまれていて、いかにもおいしそうだ。

「今度出る料理の本の挿絵なの。」

メガネをかけて、パソコンに向かっている愛子さんが言う。

「こんなの見たら、料理が楽しくなっちゃいそう。」

「そうだと、うれしいわ。なんでも楽しんでやらなきゃ、もったいないもんね。」

そう言われて、思い出してみると、ママにたのまれて、ごはんを炊くのもみそ汁を作るのも、いつもシブシブやっていたっけ。

「なにか用があるんでしょ？」

愛子さんに言われて、切り出した。

「ママが今夜むかえに来るって言うの。愛子さん、お願い、あたしをもうしばらくここに置いてくれないかな？」

「そんなこと、たのまれなくてもオッケーよ。」

「じゃあ、ママを説得してくれる？」

「それはダメ！」

愛子さんは、あたしの目をしっかりと見て、ピシャリと言った。

「ハナビがしばらくここにいたいって気持ち、それがウソじゃないんなら、自分でちゃんと話すべきよ。ヤマト君にもそうしてもらったの。

だれかに説得してもらうていどの気持ちなら、やらないほうがいい。そうでしょ。なにかをやりたいって、こうしたいって思ったんなら、自分で切りひらいていかなきゃ！」

「うん……。」

「だいじょうぶよ。ママだって、鬼じゃないんだから、ハナビが一生懸命話したら、きっとわかってくれるわよ。」

「うん……。」

「パパやママに悪いなんて思わないで、たまには、思いっきりわがまま言っちゃえば？　それでケンカになったらなったでいいじゃない。たまには自分が思っていることをぶつけてみなきゃ。がまんするのは体にも心にも良くないわよ。」

愛子さんは、あたしの心を見すかしたみたいにニヤリとする。

「わかった。自分で切りひらいてみる！」

言いながら、心が決まった。

「そうよっ！　がんばれ、ハナビ！」

愛子さんの笑顔は、やわらかな日ざしみたいにあったかかった。

4 ほんとに言いたいこと

夕方また、パパとママからLINEが来た。二人で、夜の九時にむかえに来るという。

「じゃ、まずは腹ごしらえだね。」

愛子さんは言い、早紀ちゃんといっしょに料理をはじめた。

おどろいたのは、ヤマト君も自然な感じで手伝っていることだ。じゃがいもを洗ったり、ゆで卵のカラをむいたり……。手先が器用で、ていねいだ。

「あたしもなにか手伝う。」

「じゃあね、大なべにお湯をわかして、その中に塩をふってくれる?」

ヤマト君が洗ったじゃがいもの皮をむきながら、愛子さんが言う。

「は～い!」

「なべは上のたなの中よ。」

「わかった。」

たなの上段から大なべを取り出そうとすると、そのとなりにあった小さな雪平なべがいっしょについていきて、たなからすべり落ちた。

「いってー。」

ヤマト君が頭をおさえて、あたしをギロッとにらむ。

「ご、ごめんなさい。」

朝食のドレッシングに続いて、またやってしまった。どうしよう……、完全に怒ってるよね。

ヤマト君はなにも言わないけど、ブスッとしている。あまりにしゃべらないから、何か言われるよりかえってこわくて、視線を合わせられない。

それにしても、ヤマト君はどうしてここにいるんだろう？　家の人はゆるしてくれたのかな？

ヤマト君に関しては、いろいろ考えちゃうけど、こうしてみんなで料理して、みんなで食べられるなんて、うれしいな。

愛子さんも早紀ちゃんもヤマト君も、息が合っていて、てきぱきと料理を作っていく。

あたしだけがオタオタして、かえってじゃましてるみたいだ。

しばらくすると、

「よ～し、できあがり～！」

愛子さんがいせいよく言って、テーブルにはトマトとナスとベーコンのパスタに、ポテトサラダ、コンソメスープがならんだ。

「わあ、おいしそう！」

あたしは元気よく席についたけど、このあとパパとママがむかえに来るのかと思うと、ふいにゆううつになってくる。今は午後七時。あと二時間だ。

「じゃあ、いただきましょうか。」

愛子さんが言うと、

「ヤッター！」

早紀ちゃんがガッツポーズをする。

「さっ、ハナビも、ヤマト君もしっかり食べるのよ。」

愛子さんの言葉に、

「いただきます。」

ヤマト君が静かに言った。

それからは、おもに愛子さんと早紀ちゃんがいろいろな話をした。今かかえている仕事や、食べ物の好き嫌い、放送中のドラマまで話題はさまざま。愛子さんがときどきヌケたことを言うと、すかさず早紀ちゃんがツッコミを入れたり、フォローしたりする。そのやりとりがおかしくてあたしもつられて笑ったし、ヤマト君の口元がほころんでいるのもわかった。

食事が終わり、みんなでかたづけ終わったのが、午後八時半。パパとママが来る時間まで、あと三十分だ。早紀ちゃんは帰り、ヤマト君は二階の部屋にもどった。

二階には愛子さんの部屋と、ヤマト君が使っている部屋がある。

あたしがゆうべ泊まったのは、二階の愛子さんの部屋のとなりの和室。結婚するまでママが使っていた部屋だという。

「ハナビ、緊張してるんじゃない？」

愛子さんが、お湯をわかしながら声をかける。

「まあ、ちょっと……。」

言い当てられた。正直、どきどきしてる。

「ハナビの大好きなパパとママなんだから、もっとリラックスして、ほんとの気持ちを言えばいいのよ。」

「うん……。」

そのときチャイムが鳴って、パパとママが、さも仲良さそうに入ってきた。ママは、愛子さんにあいさつすると、あたしに笑いかけた。

「今夜は、パパと待ち合わせて、いっしょにケーキを選んできたのよ。さあ、みんなで食べましょ。」

ママはリビングに入ると、手にしたケーキの箱をテーブルの上に置いた。ふたを開けると、

「ハナビはこのモンブランでしょ？」

とニッコリする。パパまでが大仰にごきげんをとってくる。

「そうそう、ハナビの大好物だもんな。」

これだもん。きのうまでとぜんぜんちがう。調子くるっちゃうよ。

愛子さんは、三人分の紅茶を入れると、

「じゃ、わたしはこれで。あとは三人でね。」

と仕事部屋に行った。

ママはさっそく切り出した。

「ハナビ、悪かったわ。ママね、いろいろ考えたんだけど、もしもハナビがいやなら、仕事やめてもいいと思ってるのよ。」

「そう、やっぱりうちにはママがいないとな。」

パパもうれしそうに言う。

「ちがうの、ママ。そうじゃないよ、パパ。あたし、ママがまた仕事はじめたこと、喜んでる。そういうことじゃなくて、あたしが言いたいのは……。」

言いたいのは……、なに？

「あたし、私立中の受験に失敗したり、家での生活も急に変わったり、そういうのについていけないだけ。」

ううん、ちがうちがう。あたしは、いったいどうしたいの？

「きのう出ていくとき、ハナビは、学校に居場所がないって言ってたよね。どうして言ってくれなかったの？　そうしたら先生に相談できたのに……。」

「あのね、ママ。そういうんじゃないの。なにかがちがうの。うまく言えない。だけど、人のせいじゃない気がする……。」

ようやく少し近づいた気がする。そう、人のせいじゃない。あたしはやっぱり新しい自分になりたいんだ。

それなら、今のままじゃダメ。もしかしたら、ここでなら、なれるかもしれない。愛子さんの自由な感じや、早紀ちゃんの明るさ、ヤマト君のなにかありそうな雰囲気が、そう思わせているのかもしれないけど。

もちろん、まだわからない。でも、自分が思っていることもはっきり言えない自分、いつも波風たてずにいようとする自分、パパとママのいい子でいようとしている自分。そういうんじゃない自分になりたい。だから……。

「あたし、少しのあいだ、ここにいたいの。パパやママのせいじゃない。そうじゃなくて、今はどうしてもここにいたいの。ここにいたら、なにかが変わりそうな気がするの。愛子さんもいいって言ってくれた。お願い、パパ、ママ。あたしをここにいさせてください。」

頭を下げるあたしに、パパとママは同時にため息をついた。

それからも、パパとママの説得は続いたけど、あたしはガンとして意見をおし通した。

こんなことははじめてで、ずっと手や足がふるえてた。

パパとママがあきらめて帰ったのは、十一時近くだった。

明日は土曜日だから、一度家に帰って、荷物をまとめて、それをパパが車で運んでくれることになった。きっと、明日も説得されるにちがいない。でも、がんばる！

「ハナビ、お風呂に入ってきたら？」

愛子さんは、パパとママとのやりとりについてはなにも聞かず、

「そうそう、コレ、作ってみたのよ。」

と、ひとみをかがやかせた。それは『入浴中』と書かれた、泡だらけの女の子がお風呂につかっている、愛子さんのイラストつきのプレートだった。

「かわいい!!」

「ほら、うちにはヤマト君がいるじゃない？　だから、こういうの、どうかなって。」

「うん。今朝も洗面所で、パジャマ姿をバッチリ見られた。」

「そっかー、洗面所用のプレートも必要だわ！　わたしもこの前、顔パックしてるところを見られちゃって、ヤマト君ったらギョッとしちゃってね。」

愛子さんが笑いながら言った。

パックをつけた愛子さんと、それを見ておどろくヤマト君って想像するだけでおかしい。

「じゃあ、それ、あたしに作らせて。」

「あっ、いいね。ハナビ、作ってよ。」

「うんっ。」

話はとんとん拍子に決まった。

「愛子さん、これからしばらく、よろしくお願いします！」

改まって言うと、愛子さんはプッとふき出した。

「もうっ、ハナビったら。先生の前の生徒みたいなの、やめて。リラ〜ックス、リラ〜ックス！」

愛子さんは、あたしの背中をポンとたたいて言った。

「がんばるっきゃないね、ハナビ！」

5 同居人

翌日の土曜日は、月に一回だけ授業のある日だ。

愛子さんのうちから電車で一駅乗り、そこからは学校まで七〜八分くらい歩く。うちからだと、歩いて五分の距離だったけど、ここからだと三十分近く早めに出なきゃいけない。

それでも遅刻ギリギリだった。

おとといの夜うちを出てから、いろいろなことがあって、世界が変わったみたいな気がしていたけれど、学校は今までとなにも変わらず、あいかわらずあたしの居場所はない。

ノロノロとカメのような時間がすぎ、帰ろうとしたとき、下駄箱がならんでいる昇降口のすみにある布のようなものに気づいた。それには貝殻をモチーフにしたキーホルダーのようなものがついている。

近づいてひろいあげると、それはキーホルダーのついたサブバッグだった。

「たしか、これは……。」

おととい、コンビニでからあげ弁当を買っていた、きれいな女の子が持っていたものだ。サブバッグはどろまみれになっている。

あたりを見まわしたが、持ち主らしい人はいない。

「捨てちゃったのかな？」

どろをはらい、中をのぞくと、真新しい体操着が入っていて、その胸には、名前がついている。――『1-1　山田星空』

「同じ学年だったんだ……。星空……なんて読むんだろう？」

つぶやくと、すぐさま一組に向かった。落としたのか、なくしたのか、それとも捨てられたのか……。きっとこまっているだろう。

一組の教室をのぞくと、五、六人の女子が残っている。

「あの、山田さんはいますか？」

たずねると、

「山田？　ああ、星空ちゃんのことね。」

ひとりが答える。

名前、ティナって読むんだ。

「よくわかんない。だけど、ここにはいないから、もう帰ったんじゃない？」

「ありがとう。」

昇降口にもどり、どろまみれのサブバッグを持って、自分の家に向かった。

あたしだって、小学生のころ、くつを捨てられたり、体操着をかくされたりしたことがある。もしかしたら、あの子もだれかにいじめられているのかもしれない。このバッグは洗って返してあげよう。

きょうは、あたしの荷物をまとめて、愛子さんちに運ぶことになっている。土曜日だから、パパもママもそろって、うちにいるはずだ。

おととい、うちを出たばかりだというのに、ひさしぶりの道を歩いているような気がする。マンションが見えてきても、おとといまでの建物とちがって見える。ヘンなの……。

帰り道、ティナちゃんとよばれた女の子をはじめて見かけたコンビニによってみた。店内を見まわしたけど、知っている顔はだれもいない。

と思ったら、レジの前に立っている男の子に、ドキッとした。コンビニの制服を着たヤマト君がカウンターの中で、お客さんに接している。

順番が来て、ガムを手にしたあたしに、ヤマト君も気づいた。

「ここでバイトしてるんだ……。」

あたしが言うと、ヤマト君はそれを無視して、ガムにテープをはり、

「百八円です。」

と小声で言うと、差し出したお金のおつりを出した。

「あの、愛子さんは知ってるの？」

たずねたとたん、あたしの後ろにいる人に目を向けて、

「次の方、どうぞ。」

とうながす。まったく……。完全無視！　いいよ、もう！

無視されるのは、ほんとに悲しい。

マンションに入り、合いカギで、うちに入ると、

「おかえり〜！」

リビングでテレビを観ていたパパは、ソファから立ち上がり、笑顔でむかえてくれた。

その笑顔とは似合わないくらい、うちの中はしーんとして、暗い気がした。

「残念だけど、ママは急な仕事でよび出されちゃって、きょうは出かけちゃったんだ。」

「いそがしいんだね。」

前にもこんなことがあったから、たいしておどろきもしない。

「ハナビに、出ていかないように言ってくれってことだったけど、それなら仕事をことわればいいんだよ。きょうはじっくりハナビと話し合うつもりだったのに……。」

パパは不満そうだ。

「話なら、ゆうべ、いっぱいしたし……、あたしの気持ちは変わんない。」

「うん……。そっかー。ママがこれじゃあ、うちにいてもさびしいからな。」

「ママのせいじゃないよ。だれのせいでもないの。だから、ママをせめないであげてね。」

その言葉が、今のあたしのせいいっぱいだ。

荷物をまとめたあたしを、パパは車で愛子さんちまで送ってくれた。そして、週末はできるだけうちに帰ると約束をして別れた。

愛子さんのカフェは、土曜日だからか、こんでいた。カウンターの中の愛子さんが、注文されたものを作り、それを早紀ちゃんがトレイにのせてテーブルに運んでいる。

愛子さんは、カフェの入り口に立っているあたしを見つけるや、

「あっ、いいところに帰ってきた。ハナビも、ちょっと手伝って。」

と声をかけてきた。

「は～い！」

エプロンをして、伝票を持つ。はじめてだから、ちょっとドキドキする。

「まあ、かわいらしいおじょうさんね。」

窓際のテーブルにいるショートカットのおばあちゃんが、ニッコリして言う。真っ白な髪に黒のセーターが似合っている。すごくオシャレだ。

「わたしの姪っ子。今年、中学に入ったばかりなんですよ。」

カウンターごしに、愛子さんが説明する。

「あら、そうだったの。じゃあ、ゆっくり注文するわね。ミルクティーと特製ワッフルをお願い。」

「あっ、ありがとうございます。」

ぺこりとおじぎをすると、おばあちゃんは楽しそうに笑った。

そのあともお客さんから注文を聞いたり、テーブルに運んだり大いそがしだった。

人気ナンバーワンのメニューは、特製ワッフルだ。愛子さんのイラストが描かれたプレートにのったハート形のワッフルには、赤や紫のいろんな種類のベリーと、ホイップクリームがそえられている。

結局、最後のお客さんが帰ったのは、閉店時間ギリギリの五時少しまえ。

「きょうは、こみましたね〜。」

早紀ちゃんが、いすにへたりこんで言う。

「ワッフルが雑誌に取り上げられたからですよね。」

早紀ちゃんはそう言って、雑誌のページを見せてくれた。

「かわいい！　愛子さんらしい〜。わぁー、ステキな写真！　あたしも食べた〜い。」

くやしがるあたしに、

「きょうはよく手伝ってくれたから、食後のデザートに出してあげるわね。」

愛子さんの言葉に、

「ヤッター！」

思わずとび上がった。


つかれたからかんたんな夕食にしようと、愛子さんが言ったわりには、ふわとろの卵たっぷりのオムライスに加えて、サラダとコーンスープまで作ってくれた。

夕食が終わって、早紀ちゃんが帰ったあと、いよいよ特製ワッフルのデザートの時間。

オーブントースターでちょっとだけ温めたワッフルを、愛子さんのイラストつきプレートにのせ、ベリーとホイップクリームをそえて、できあがり。

「う〜ん、おいし〜！」

やっぱり雑誌に紹介されるだけの味だと感心しながら食べていると、

「ヤマト君、おそいわね。」

愛子さんが、ミルクティーをカップに注ぎながら、つぶやく。

「きょう、うちの近くのコンビニで、バイトしてるの、見たよ。」

「あっ、ヤマト君、あのコンビニでバイトしてるんだ……。」

「ね、愛子さん。ヤマト君って、あたしのことが、きらいなんじゃないかなあ。」

思いきって言った。

「どうしてそう思うの？」

「だって、同じ家にいるのに、ほとんど口もきいてくれないし、いつもこわい顔をしてるし。きょうだって、コンビニで会ったから話しかけたのに、完全無視。」

「バイト中だったからなんじゃないの？」

愛子さんは当たり前だというふうに、あっさりと言う。

「そうなのかなあ。あたしには、そんなふうには思えなかったけどなあ。」

あたしはまだ、なっとくできないでいる。

「愛子さんは、どうしてヤマト君をこの家に置いておくの？　いくら実家でなにかあったって、あかの他人なのに……。それに、なんか、危ない感じ。急にキレられたら、どうしようって思っちゃう。」

「それはね。」

愛子さんが言いかけたとき、ふいにドアが開いて、ヤマト君が顔をのぞかせた。

あたしをジロッと見ると、

「心配しなくても、おれ、もうすぐ出ていくから。」

静かに言い、ドアをバタンと閉めると、二階にかけ上がる足音がした。

「あっ、ちょっと待って。」

あたしの言葉は追いつかない。

「どうしよう。あたし、ひどいこと言っちゃった……。」

手で顔をおおうと、

「でも、ハナビはほんとに、そう思ってたんでしょ？　どうしてあの子がここにいるんだろうって。」

愛子さんはニッコリする。

「まあ、だれだって、そう思うわよ。見知らぬ男の子を自分ちに住まわせるなんて、ふつう、あんまりないから。ヤマト君だって、『うちにいてもいいよ。』って言ったら、びっくりしてたもの。

ただ、ヤマト君ね、今のお母さんはお父さんが再婚した人で、あまりうまくいってないんですって。その人も良くしてくれるんだけど、どうしても亡くなったお母さんがわすれられなくて、ついくらべてしまうからなのかなって言ってた。

食事はお母さんが作るんだけど、ヤマト君は、自分の分は自分で作ると言ったんですって。それで、ますますうまくいかなくなったみたい。ヤマト君ったら、自分がいないほうが家族がうまくいくんだなんて言うんですもの、ほっとけなかったの。」

「………」

返す言葉がなかった。そうだったんだ……。だから、ヤマト君は料理の手つきがなれている感じだったんだ……。

自分が言ってしまったことを思い出して、後悔がどっとおしよせてくる。

「あたし、あやまるよ、ヤマト君に。」

しょんぼりしているあたしに、愛子さんはあくまで明るく答える。

「ハナビが思うようにすればいいわ。自分はどうしたいのか考えてみて。」

えっ？　あたし？　あたしはどうしたいんだろう？　ヤマト君のこと、ぜんぜんわからないし、どうしたいかなんて、もっとわかんないよ。

だけど、もし、あたしの言葉がヤマト君を傷つけてしまったんなら、それはいや。あたしだって、ヤヤコにひどいこと言われて、なんども傷ついた。

それなのに、自分も同じことをしてしまうなんて……。

その夜、あたしは画用紙を、ポストカードのサイズに切って、ギンガムチェックのリボンでふち取り、真ん中に大きく、

『ごめんなさい。これからもよろしくお願いします。同居人ハナビ』

と書いたものを作り、ヤマト君の部屋のドアの下のすきまからおしこんだ。

6 似た者同士

翌日の日曜日、家の中にヤマト君の姿をさがしたけど、どこにも見当たらない。できることなら、直接あやまりたい。

愛子さんに聞いたら、

「バイトじゃないのかな。」

と、のんきな答えが返ってきた。

ヤマト君、きっと怒ってるんだろうなと思うと、胸が痛くなる。

その思いをかかえたまま、きのう下駄箱のところに捨てられていた山田星空ちゃんのサブバッグを部屋から持ってくる。

洗う前に、固まったどろは落としてみたけれど、ところどころこびりついて落ちないよごれがある。

なにか方法はないかと思い、スマホを取り出す。『どろ　よごれ落とし』とキーワードを入れて、検索してみる。

まずは、かわかしてどろやほこりを落とす。次に、こびりついたよごれをブラッシングしてかき出す。そのあと、洗剤か石けんをぬって、お湯で洗い落とす。注意事項に、水で洗うと、かえって落ちにくくなる、とも書いてあった。

へぇー、知らなかった。あやうく水洗いするところだった。なんだか、ひとつ知恵がついたみたいでうれしくなる。

もう一度どろを落としてから、こびりついたところをブラッシングする。うん、いい感じ。だいぶ落ちてきた。

あとは、石けんをつけて、お湯で洗い落とす作業だ。

それにしてもかわいそうに……。持ち手はハサミのようなもので切りさかれていて、ひどい状態だ。このままじゃ、もう使えない。

そうだ、新しい持ち手を作って、それをつけよう。そしたら、バッグもよみがえるかもしれない。

リビングでうちから持ってきたハンドメイドボックスを開く。バッグと似た色で貝殻の模様の生地ならある。これで作ろう！

ミシンでぬわれている糸を切って、ドライヤーでかわかしたバッグの本体から、ボロボロになった持ち手を外す。

持ち手の部分は、筒状にした布の両端をぬって、帯のようにしてあるみたいだ。なるほど……。

頭の中で、どんなふうに持ち手を作るのかイメージしていく。うん、いけそう！

持ち手の長さを決めて、チャコペンで線を引き、大きな布切りバサミで切っていく。

ハサミから伝わる、厚めのコットン生地を切るときの、ザクザクとした感触は、ずいぶんひさしぶりだ。

なんとか少しでも元のバッグに近い感じによみがえらせたい。

あの子に似合うオシャレなバッグに……。

細長く切った布を中表に折ってアイロンをかけ、片側をぬって筒状にする。さらに表が外に出るようひっくり返して両端をぬうと、持ち手の原型ができた。持ち手を本体につけようとしたら、重なり合った布が思ったよりも分厚くなって、なかなか針が通らない。

そこで、ハンドメイドボックスから、指ぬきを取り出した。

指ぬきを使って、グイッと針をおすと、今度はなんとか通った。ミシンのように頑丈にぬうことのできる『返しぬい』で、持ち手をバッグにつけていく。

けっこう力がいるから、だんだん汗ばんできた。

指ぬきで針を思いっきりおした、そのとき。

「あっ、いたっ！」

左の親指に、針が刺さった。あわてて針をぬくと、血が出てくる。

指をおさえて、救急箱を探そうと立ち上がったとき、

「これだろ。」

リビングにいつからいたのか、ヤマト君がばんそうこうをすっと、あたしのほうに差し出した。

「あっ、ありがとう。」

笑みをうかべて言ったのに、ヤマト君はブスッとしたままひとことつぶやいた。

「裁縫、できるんだ……。」

「手作りするのが好きなだけ。このバッグは、いたんじゃったから修理してるの。」

はずかしいのをかくすように、一方的にしゃべる。

ヤマト君はどうしたらいいかわからないのか、目を宙に泳がせている。

「あっ、そうだ。ゆうべは、あたし、ひどいこと言っちゃって……。」

次の言葉をさえぎるように、ヤマト君はあたしをチラッと見て、そのままリビングを出ていった。

あ〜あ、せっかく仲良くなれるかもって思ったのに……。

しょんぼりとソファにこしかけると、ヤマト君がわたしてくれたばんそうこうを指にはる。かすかにいたむ胸にもばんそうこうがあったらいいのに……。

「やさしいじゃん、ヤマト君って……。」

気を取り直して、作業にもどった。

今度はいきおいをつけすぎないように気をつけて、ゆっくりと布に針を通していく。

時間をかけて、ようやく、なんとか、持ち手をぬい終わった。

ためしに思いっきり引っぱってみたけれど、びくともしない。よかった！

これなら貝殻モチーフのキーホルダーともマッチする。

最後に糸の始末をして、完成！

できあがったバッグを、あらためてながめる。

元のバッグのイメージを、できるだけ変えないようにしたつもりだけど、ティナちゃんのイメージに合うように、ちゃんとオシャレにできてるかな……？

ティナちゃんにわたすときのことを思う

と、緊張して胸がどきどきした。

月曜日、自分で作ったギンガムチェックの紙の手さげに、ティナちゃんのサブバッグと体操着を入れて、学校に行った。

朝は見かけず、昼休みに一組に行ってみたけど、姿は見えない。

きょうはお休みかな？

なかば、あきらめかけていたら、放課後、下駄箱のところで姿を見かけた。

まっすぐな髪、きりっとした目、すらりとした体型。まちがいない、あの子だ。

あわてて近づいていく。

「あの、山田さん、ですよね？」

声をかけると、ティナちゃんは、チラッとあたしを見て、

「そうだけど、なに？」

めんどくさそうに答える。

「あっ、あの、これ。」

ギンガムチェックの紙の手さげから、サブバッグを取り出した。

「このあいだ、見つけたの。ボロボロになってたし、よごれてたから、洗って直したの。ついでに、中に入ってた体操着も洗っておいた。」

ティナちゃんは、じっとサブバッグを見つめていたけど、

「よけいなおせっかい、しないで！」

はげしく言うと、あたしのほうにぐいとサブバッグをおしやった。そして、もう一度あたしにとがった目を向け、足早に校舎を出ていった。

ぼうぜんとして、ティナちゃんの後ろ姿を見ながら立ちすくんでいると、

「ハナビって、ほんっと、ダサいんだから。」

背後から、冷やかすような声がした。ふり向かなくても、わかる。ヤヤコだ。

「だれかと仲良くなりたいんだったら、いい人ぶるの、やめなさいよ。ふんっ、すましちゃって……。」

背中にバシャーンと水をかけられたみたいだった。あたしは逃げ出すようにダッシュして、校舎を出た。

だれもかれも、あたしをはねつける。ヤヤコもティナちゃんも、ヤマト君も……。

あたしは、だれからもきらわれるんだ。

あたしのなにが、そんなにダメなの？　なにが、そんなに気にさわるの？

トロいから？　ニブいから？　ダサいから？　いい子ぶってるから？

愛子さんちに帰りながら、そんな言葉が頭の中でグルグルまわる。必死に走っても、頭をふっても、それらの言葉は出ていってはくれない。

さっき聞いたばかりのティナちゃんの声やヤヤコの声が、なわのように、あたしをグルグル巻きにする。

苦しくて、悲しくて、通りすぎようとした公園に入り、ベンチにヘナヘナとこしかけた。

ティナちゃんにわたそうとしたサブバッグを、取り出してみる。きのうぬった、布のぬい目が、やけにダサく見える。

『よけいなおせっかい、しないで！』

はきすてるような、ティナちゃんのはげしい声がよみがえった。

『ハナビって、ほんっと、ダサいんだから。』

ヤヤコのうすら笑いをふくんだ声も。

涙がこぼれたから、サブバッグに顔をつけた。そのとき！

「おいっ！」

声がした。涙でぬれた目をあげると、Tシャツにジーンズというラフな服装のヤマト君が立っている。

「おまえ、なにしてんだよ。そのバッグ、きのう直してたヤツだろ。またよごれるじゃないか。」

「もういいの。つきかえされちゃったから。よけいなおせっかいしないでって。」

「えっ、それ、人のバッグだったのかよ。」

「そう。捨てられてたから、勝手に直しちゃったの。でも、結局、よけいなおせっかいしちゃった。あたし、学校じゃ、みんなにきらわれてるの。だから……。」

言いながら、また涙がこぼれる。それをあわてて手でぬぐう。

ヤマト君はこまったように、立ちすくんでる。

「あっ、ごめんね。あたし、またヘンなこと言って。」

「なんであやまるんだよ。ヘンなことじゃないよ。おまえ、一生懸命、バッグを直してたじゃないか。人のものなのにさ、必死になって。だから、あやまることなんてない！」

怒ったように、ヤマト君は言った。

「あやまらなきゃいけないのは、人のバッグを捨てたやつと、バッグを直してもらったのに、礼も言わないやつだろっ。」

「そうだけど……。」

あたしはどうしてヤマト君が、こんなに怒ってるのかわからない。

「しっかりしろよ。だからきらわれるんだぞ！　怒るべきときはちゃんと怒れよ。」

ヤマト君はまだ怒ってる。けれど、ふいに、クッと小さな笑みをもらす。

「だけど、まさか、おまえとおれが似た者同士だったなんてな。」

「えっ？」

「どっちも、きらわれ者ってこと。まっ、おまえは、おれほどじゃないと思うけど……。」

「えっ、ヤマト君も？」

「そうじゃなきゃ愛子さんちに、やっかいになんかなんねえよ。やっかいになってるわりに、態度でかいけどさ。」

ヤマト君は、てれたように空を見上げた。さっきまで暗くくもっていたのに、今の空は青く、明るい。

「そんなこと……。」

言いかけて、フフッと小さく笑った。

おかしかったのに、涙はどんどん出てくる。

悲しいだけじゃない。なんだか、あったかな涙だ。

「もう泣くなよ。」

「うん。ごめんなさい。」

「ほら、またあやまる。いいか、おまえは悪くない。なんにも悪くない。だからもう、あやまるなよ。」

どうしても涙は止まらない。あたしは答えるかわりに、大きくうなずいた。

「じゃ、おれ、バイト行くから……。」

ヤマト君の足音が去っていく。

「あっ。」

あたしは立ち上がった。

「ありがとー!」

大声で言うと、ヤマト君は背を向けたまま、軽く手をあげた。

7 二人でクッキング

　ゴールデンウィークがはじまった。

　パパとママは旅行に行こうと誘いに来たけど、行かないことにした。ここでカフェのお手伝いをしたいし、むしろ二人だけで行ってほしい。仲直りのためにも……。

　公園でのヤマト君の言葉は、それからのあたしの力になっている。

　そもそもあたしはなにをしても、心のどこかで自分が悪い、ダメな子なんだって思ってしまう。

　家を出た自分が悪い。学校でいじめられる自分、運動オンチな自分、受験に失敗する自分はダメ……。

　だれかに言われた記憶はないのに、心のどこかで、〝いい子〟の自分を作ってしまっていたのかも。だから、そうなれないときは、自分がいけないって思ってしまうのかもしれない。

それが、ヤマト君のおかげでとざしていた心のどこかに穴があいて、ちょっぴり風通しが良くなった気がする。

ヤマト君はそれからも、いつもブスッとしていて、話しかけてくることもない。でも、あたしは平気だ。ヤマト君のやさしさを知ったから。

「ねえ、ハナビ。明日までに仕上げなきゃいけない仕事があるの。だから、今夜は夕ごはん作れないけど、いい？」

仕事部屋からリビングに出てきた愛子さんが言った。

「オッケー。」

「じゃあ、どこかで、お弁当でも買っちゃおうか。」

「そうだね……。」

答えかけて、あっと思った。

「きょうは、あたしが作るよ。」

「えっ？　ハナビが？」

「そうよ。ママが仕事はじめてから、なんどか作ったことがあるもん。」

あたしは胸をはる。

「じゃあ、お願いしちゃおうっと。よろしく～。」

愛子さんは、あたしの肩をポンとたたいた。

「あ、ところで、ハナビ。どっかでわたしの眼鏡、見なかった？」

「え？　頭の上にあるよ？」

あたしは愛子さんが頭の上にかけている眼鏡を指差した。

「あらー、やだわ。こんなところに。すっかりわすれてた。私ったら、もう、や～ね～。」

愛子さんはそう言って、ふらふら歩きながら仕事部屋へもどっていった。愛子さん、仕事、大変なんだな……。

時間は午後三時。買い物とか考えると、そろそろはじめてもいいころ。

よーし、おいしいものを作って、愛子さんに元気になってもらおう！

リビングの本棚にある料理の本を数冊取り出し、ページをめくる。

どのページにも、おいしそうな料理がのっている。だけど……。

あたしが作ったことのあるものといったら、くずれた肉じゃがと、ハムエッグとみそ汁くらいだ。はて、どうしよう？

急に自信がなくなったとき、早紀ちゃんが入ってきた。

「早紀ちゃん、今晩、なに作ったらいいかな？」

「えっ、ハナビちゃんが作るの？」

早紀ちゃんは、疑わしそうな目を向ける。

「そうなの。だって、愛子さん、しめきりで大変だって。」

「たしかに。きょうはわたしも愛子さんのお手伝いとカフェもあるから、手伝ってあげられないわ。」

「かんたんに作れそうなものは、ないかなあ。」

「そうねえ。オムライスなんて、どう？」

「あっ、それ、前に愛子さんに作ってもらった。そっかー、それなら、できるかも！」

Vサインを出す。

「がんばってね。期待してるよ〜。」

早紀ちゃんにもはげまされた。よ〜し！

料理の本にのっていたオムライスのページを開いて、材料をたしかめる。

「卵とたまねぎと、とり肉……。あとサラダも作らなきゃ。」

冷蔵庫の中を確認してから買い物のリストを作り、キッチンの引き出しに入っている食費用のサイフを持って、スーパーマーケットに出かけた。

スーパーに着いたとき、目の前でタクシーが停まり、中からサングラスをかけた女の人がおりてきた。続いて、おりてきた女の子に、目がくぎづけになる。ティナちゃんだ。

サングラスをかけている女の人は、お母さんなんだろうか？　おしゃれな人だ。

ボーッと見とれていると、二人はスーパーマーケットの向かい側にある歯科医院に入っていった。

ティナちゃんは、きっとお金持ちのおじょうさん。それなら、サブバッグぐらい、新しいのを買ってもらったかもしれない。中に入ってた体操着だって。

そうだとしたら、必死になって直したことが、たしかによけいなおせっかいだったたって、素直に思える。


買い物から帰り、うでまくりをして、オムライス作りに取りかかった。

まずは料理本のレシピどおりに調味料を準備していく。

つぎはたまねぎのみじん切り。皮をむいて、まな板の上に置き、半分に切り、包丁を入れていく。サクッ、サクッと、いい音がする。

たまねぎの汁が目にしみて涙がこぼれてきた。そこへ、ヤマト君が帰ってきた。

「また泣いてんの？」

「そうじゃなくって、たまねぎ切ってたら……。」

「まさか、おまえがなにか作るの？」

ヤマト君はキッチンに近づいてくる。

「愛子さん、きょうはしめきりでいそがしくて、ごはん作れないって。」

「ふうーん。で、なにを作るわけ？」

ヤマト君は切りかけのたまねぎが置いてあるまな板の上を見る。

「オムライス。今、たまねぎをみじん切りにしてるとこ。」

「えっ。これでみじん切り？　でかっ！」

ヤマト君は切ったばかりのたまねぎを見ておどろく。

「いいか、みじん切りっていうのは、もっと細かく切らなきゃ。」

言うなり、手を洗うとあたしの手から包丁を取り、

「ほら、こんなふうに。」

トントントントンと、リズミカルに包丁を入れる。すごく上手だ。あっというまにめちゃくちゃ細かいみじん切りが完成した。

「すごーい！　すごーい！」

思わず歓声をあげる。

「亡くなったオフクロが、料理するの、小さいころ、ずっと見てたんだ。あと裁縫もよくやってたんだ……。」

ヤマト君は、ニコリともしないで言った。ふと、このあいだティナちゃんのバッグを直していたとき、ヤマト君がいつからかそばで見ていたことを思い出した。そうか、ヤマト

君はお母さんのことを思い出してたんだ。

「ごはんは炊いた？」

ヤマト君に聞かれて、あたしはあわてた。

「あ――っ、わすれてた！」

「ごはんなきゃ、オムライスにならねえだろ。」

「そうでした！」

あたしは大急ぎで、お米をといで、炊飯器の早炊きモードに設定する。

そのあいだに、ヤマト君はとり肉を切り、卵をとく。そして、あたしに言った。

「といた卵に、マヨネーズと牛乳を、大さじ1杯ずつ入れて。」

「マヨネーズ？」

「うん。一般的には生クリームだけど、マヨネーズでもいいんだよ。牛乳といっしょに入れると、卵がフライパンにくっつかずに、すげえフワッとするから。」

「な～るほど。勉強になる～。」

あたしはノートを持ってきて、言われたことをメモしていく。そうだ！　今度、ハンド

メイドで、かわいいレシピブックを作ろう。

「じゃ、ごはんが炊けるまでに、サラダを作るぞ!」

ヤマト君は完全にのっている。たのもしい〜! ヤマト君って、無口で無愛想な人かと思ってたけど、ぜんぜんちがうんだなあ。人は見かけではわかんない。まさか、ヤマト君とこういうやりとりができるなんて……。

「材料は、レタスときゅうりとトマトを買ってきたけど……。」

「う〜ん、なんかつまんねえな。」

ヤマト君は冷蔵庫の中を調べる。

「にんじん……。りんご……。よし、決まり!」

「なにを作るの?」

「にんじんとりんごのサラダ。超かんたん。

にんじんとりんごを千切りにして、オリーブオイルと塩とコショウをふりかけてあえたら、できあがり!」

「ほんとにかんたんなんだね。あたしにもできるかも。」

ノートに、しっかりとメモを取る。

「問題は、塩とコショウのさじかげんだな。」

「どれくらい入れればいいの？」

「うーん、感覚なんだよな……。」

「くわしく教えてください！　お願いします！」

ヤマト君の顔をじっと見る。

「え～っと……、オリーブオイルが大さじ2、塩は小さじ2分の1……くらいかな。冷蔵庫で冷やしたあと、最後に塩かげんをみたほうがいいかもな。」

言いながらも、ヤマト君は信じられない速さで、そして信じられない細さで、どんどんにんじんを切っていく。次にりんごを切る。

「うわーっ！　手品みた～い！」

思わずメモを取る手を止め、思いきり手をたたく。

「いいから。ごはん炊けたぞ。」

「オッケー。」

いよいよフライパンで、とり肉とたまねぎをいため、塩とコショウをふりかけ、ケチャップを入れる。ごはんを加えてさらにいためる。

ものすごくいいにおいがしてきた。

チキンライスを器に盛ると、ヤマト君はフライパンを洗い、もう一度火にかけて熱くする。

「熱くしないと、卵がくっつくから。」

「へ〜!」

熱くしたフライパンに油をひいて、卵を流しこむ。はしで軽くかきまぜて広げ、半熟になったらごはんの上にのせ、ケチャップをかけて、できあがり!

「愛子さんが作ってくれたオムライスも、すっごくおいしかったけど、ヤマト君が作ったのも、おいしそう!」

こんなにステキな人が、きらわれ者だなんて信じられない。

新しいお母さんとうまくいってないってことは聞いてるけど、制服を着ている姿を一度も見ていないことからすると、学校にも行ってないのかもしれない。

最初はこわくてたまらなかったけど、こんなふうにいっしょにキッチンに立っていると、こわいどころか、どんどんステキに見えてくる。

「じゃあ、二つ目のオムライスは、おまえ作ってみろ。」

「えっ、う〜ん……。うまくできるかなあ……。」

「失敗しなきゃうまくなんないぞ。」

「そうだよね。」

料理本のレシピを読み直したり、さっきのヤマト君のやり方を思い出したりしながら、チャレンジする。けれど……。

「あ〜あ。」

ふわトロのはずが焼きすぎてかたくなっちゃった。やっぱりなぁ。あたしのことだから、こうなるんじゃないかと予感はしてた。

「おいっ、なんだそれ！」

ヤマト君は、あきれた顔で見ている。

「はぁ……。これじゃあ、オムライスというより、炒り卵のせごはんって感じだよね〜。」

ほんと、がっかりだ。

「それは、おまえが食べろ。」

ヤマト君があっさりと言った。


そうして、とうとう夕ごはんができあがった。

卵の色に合わせて、黄色いランチョンマットをしき、その上にオムライスとサラダのお皿をのせる。

そこへ、愛子さんと早紀ちゃんが現れた。

「さっきから、おいしそうなにおいがして、もう待てないよ〜っ。」

早紀ちゃんがお腹に手を当てた。

「お二人さま、どうぞ〜！」

あたしは、席に向かって手を広げた。

それからは、いつものようにワイワイガヤガヤとおしゃべりが続いた。みんなで食べるごはんは、ほんとにおいしいけど、ヤマト君に教えてもらいながら作ったごはんは、特別においしい。

「こ〜んなにおいしいんだから、これからもヤマト君とハナビに作ってもらおうかな。」

愛子さんが、にこにこしながら言った。

「やるやる〜！　毎日でもやる〜！」

あたしは身をのりだした。すると、

「おれ、週四でバイトあるから、おまえがやれば？」

ヤマト君は冷たく言い放った。

8 借りはナシ

ゴールデンウィークが終わった。

また明日から学校かと思うと、ゆううつな気分におそわれそうになった。その一方で、この休み中に作りはじめたレシピブックが、けっこう気に入っていて、早く完成させたいと、ワクワクもしている。

休み中に、表紙にする厚紙と中綿にするキルト芯をＢ５サイズにカットしてはり合わせ、あわいピンクと白のストライプの布をひと回り大きく切っておいた。

今日は、この布の上に、プラ板（手工芸用のプラスチックの板）でタイトルを付ける作業だ。

百円ショップで買ってきたプラ板をアルファベット型に切り取って、布にぬいつけていく。

　まずは、プラ板の表面をやすりで軽くけずり、その上に〝HANABI's Recipe Book〟と太くふちどったアルファベット文字を書く。一文字ずつ切り取ったあとは、糸を通して布にぬいつけられるように、パンチで二〜三か所穴をあけ、カラフルな色えんぴつでぬる。オーブントースターで熱してちぢませたプラ板を、まっすぐになるように、まな板でおさえて冷まし、ストライプの布にひとつずつぬいつける。なかなか細かい作業だけど、できていく工程が楽しい。

　最後に、表紙の上にプラ板をぬいつけた布をかぶせて、手芸用ボンドではりつけたら完成！

　自由にレイアウトできるように、中のページは無地の画用紙だ。

　穴あけパンチであけた穴にヒモを通してとじているから、あとからいくらでもレシピを追加できる。

　さっそく、ヤマト君に教えてもらったときのメモを見ながら、オムライスの作り方を画用紙に書きこんでいく。

『卵2個に、牛乳とマヨネーズを大さじ1杯ずつ入れると、フワフワになる！　卵を3個にすると、さらにフワフワ！』というところには、『ヤマト君ポイント』と書いて、目立つようにマスキングテープをはってみた。

あとは、作り方の手順に、イラストをそえてみよう。早くいろんなレシピで、ページをうめていきたいな。

カラーペンに手をのばしたところで、大きなあくびが出た。

「わっ！　もう十二時!?」

ハンドメイドをしていると、いつもこう。時間がたつのをわすれてしまう。

続きは、明日、学校でやることにしよう。

これで少しは、学校に行く楽しみができた。

電気を消してふとんに入ると、すぐにねむけがやってきた。

夢の中では、あたしとヤマト君が、かまくらみたいな大きなオムライスを作っていた。


ひさしぶりに学校に行ったら、みんなは休み中の旅行のこと、観に行った映画のことなど、楽しそうな話題で盛り上がっている。

あたしはひとり、自分の席でレシピブックの制作を続けていた。すると、

「あいかわらず暗いね。連休中もそんなことばっかしてたの？　ほんと、陰キャラ。」

ヤヤコが言い、いっしょにいる子たちがクスクス笑った。

「だって、楽しいんだもん。」

そう答えたとたん、自分でもビックリした。今まで、一度だって、ヤヤコになにかを言いかえしたことがない。いつもうつむいて、嵐が通りすぎるのを、じっと待っていた。

それなのに、たった今、さらりと言った声は、あたしのものじゃないみたいだ。どうし

ちゃったんだろう?

ビックリしたのは、ヤヤコも同じだったみたいで、

「ふうーん、言うじゃない。」

と冷たく光る目で、あたしのことをなめるように見る。

「あの……。なんか用?」

たずねると、

「べつに……、あんたに用なんかあるわけないじゃない。」

ヤヤコは言い放つと、ほかの子たちといっしょにはなれていった。

それにしても、なんだか今までとは、ちょっとちがう感じ。

なんだろう? なにがちがうんだろう?

いつものように、ビクビクしなかったからかな?

放課後、下駄箱のところへ行くと、またティナちゃんを見かけた。

なにかこまっている様子だったけど、よけいなおせっかいはしないと決めて、先に校舎

を出た。

門の前の桜の木の下で、知らない女の子たちが四、五人集まっている。通りすぎようとすると、その中のひとりの声が聞こえてきた。

「ちゃんとかくせた？　ティナのくつ。」

ティナという言葉が、やけにはっきり聞こえた。

「中庭の植えこみのところにかくしたから、すぐにはわからないと思う。」

だれかが答えている。

さっき下駄箱のところで見た、ティナちゃんの様子を思い出した。たしかに、なにかさがしているようにも、こまっているようにも見えた。

わすれものでもしたふりをして、あたしは急いで下駄箱のところまでもどる。ティナちゃんは下駄箱の前で立ちつくしていた。

「ティナちゃんのくつ、中庭の植えこみにかくしてあるって。あたし、取りに行ってくるね。」

それだけ言って、中庭まで走った。

中庭の中央にある花壇のすきまや、花々のあいだをさがしていると、ティナちゃんが上ばきのままやってきた。

「自分でさがすから、もういいわ。」

ティナちゃんは、あごをツンと上げて言う。

「見つかるまで、いっしょにさがすよ。」

あたしが、なおもさがそうとすると、

「あなたって、どうしてそんなにおせっかいなの？」

ティナちゃんは腹立たしそうに顔をしかめた。

「あたしも、同じだったから……。小学校のとき、バッグや体操着をかくされたり、くつも捨てられてたことがあったから。」

「あっ、そう。それで、同情したってわけ？」

「そういうんじゃなくって……。」

「いっしょにしないでよっ。」

ティナちゃんは言い放った。

「わかった……。」

そう言って、中庭を出ようとしたとき、椿の木がならんで立っている奥のほうに、なにか黒いものが、チラッと見えた。

椿の木のあいだをはうようにして手をのばすと、くつにとどいた。

「これじゃない？」

くつを手にしたまま声をかけると、近づいてきたティナちゃんは、あたしの手からひったくるようにくつを取った。

「よかった……。」

つぶやいて、そのまま去ろうとすると、

「待ちなさいよ！」

ティナちゃんがよびとめる。

「制服がどろだらけよ。」

「あっ。」

見ると、上着もスカートもどろだらけになっている。

手ではらっていると、ティナちゃんがハンカチを差し出した。

「いいよ、そんなにきれいなの。よごれちゃうよ。」

ことわると、ティナちゃんはふいに笑いだした。

「あなたって、おかし～。」

「えっ？」

「だって、よごれたのはあなたでしょ。わたしのくつのために、どろだらけになったのに、ハンカチがよごれるって……。」

ますますおかしくなったのか、ティナちゃんはお腹をかかえて笑い続ける。

あたしはなにがなんだかわからなくて、ただつっ立って、ティナちゃんを見ていた。

しばらく笑ったあとで、ティナちゃんは、急に大人っぽい感じになって言う。

「お礼に、なにかおごるわ。」

「えっ、いいよ。」

「だれかに借りができるの、わたし、いやなの。だから、おごらせて。な～んて言っても、コンビニかハンバーガーショップよ。」

「そうだ！　あたしのおばさんちのカフェに行かない？　そこのワッフルが雑誌で紹介されたくらいおいしいの。」

「ふーん……。じゃ、そこで。」

ティナちゃんは、すまして言った。

愛子さんに電話をすると、

「連れていらっしゃいよ。」

即座にオッケーしてくれた。

ティナちゃんといっしょにカフェに向かいながら、これまでのことを話した。

自宅の近くのコンビニでティナちゃんを見たこと。

そのときに持っていたサブバッグについていた貝殻モチーフのキーホルダーがとてもステキで、よく覚えていたこと。

だから、サブバッグが捨てられているのを見つけたとき、すぐにティナちゃんのものだとわかったこと。

うちを出て、今はおばさんのうちにいること。そこにはヤマト君という高校一年生の男の子もいること。

愛子さんは、イラストレーターだけど、カフェもやっていることなど、だいたいのことは話した。

ティナちゃんも、お母さんとお父さんは離婚していて、お母さんはいそがしくて、あまりうちにいないこと。

お手伝いの人はいるけど、お互いに気をつかって気づまりだから、夕方には帰ってもらっていること。だからいつもコンビニ弁当を買って食べていることなどを話してくれた。

「そういえば、このあいだ、スーパーマーケットに買い物に行ったとき、お母さんといっしょにタクシーからおりてくるのを見たよ。」

そう言ったら、

「人ちがいじゃないの？」

ティナちゃんは、さっと否定した。

愛子さんちが見えてきた。

「あそこだよ！」

指差すと、

「わあ、ステキ。わたし、ああいう古い家、大好きなの。」

ティナちゃんは顔をほころばせる。

「それにしても、あなたのおばさんって、変わってるよね。知らない男の子を住まわせたり、自分の仕事があるのに、カフェをやったり……。」

「ほんと、変わってるの。でも、だから、楽しいんだ。」

あらためて、そう思う。

「あっ、それ、わかる～！」

ティナちゃんもうなずいた。

カフェに顔を出すと、店内はごったがえしていた。

「ごめん、ハナビ。急に団体さんが来ちゃったの。悪いけど、手伝ってくれる？」

愛子さんは、いくつもならんだカップにコーヒーを注ぎながら、早口で言う。

「あっ、でも、友だちが……。」

言いかけると、ティナちゃんがさっと進み出る。

「わたしもお手伝いします！」

「あら、助かるわ。じゃ、お願いね。」

愛子さんは、あたしとティナちゃんにエプロンをわたした。ティナちゃんは、そのエプロンをつけながら、

「これで借りはナシね。」

とあたしの耳元で小声でささやく。

いざ手伝いがはじまると、ティナちゃんはきびきび動いた。

「お待たせしました！」

学校では見せたことのない笑顔で礼儀正しく言って、注文のものを出している。

人って、ほんとにわからない。いつもブスッとしていて、するどい目を光らせているヤマト君は、話してみるとこわいどころか、めちゃめちゃやさしい人だった。

ティナちゃんだって、きれいで、人をよせつけない雰囲気があり、プライドも高そうだ

けど、意外に気さくな人だ。

閉店時間になると、愛子さんが手伝ってくれたお礼にと、ティナちゃんを夕ごはんに誘った。

「ただし、おうちの人がゆるしてくれたらね。」

愛子さんはそう条件をつけたけど、

「おうちの人なんていないから、平気です。」

ティナちゃんは平然とした表情で言った。

そうはいかないと愛子さんに言われ、ティナちゃんはしぶしぶスマホをとり出し連絡を入れていた。


愛子さんと早紀ちゃん、そしてティナちゃんとあたしの四人で、夕食作りをはじめたころ、ヤマト君が帰ってきた。

ヤマト君はめずらしく制服を着ている。はじめて見たけど、すごく似合ってる。やっぱりカッコイイな〜。それにしても、どうしたんだろう？

ティナちゃんを紹介したのに、ほんの軽く会釈をしただけ。ティナちゃんのほうは、興味深そうに、ジロジロとヤマト君を見ていた。

「ね、あの子の制服、青弦学院のだよね。あそこ、かなりの難関校よ。」

「あっ、そうみたいね。でも、あまり学校には行ってないみたいだけど……。」

「じゃ、わたしと同じだ。わたしもしょっちゅう学校休んでる。あんなイジワルな子ばっかの学校なんて行く気がしないもん。」

そこに、着がえてきたヤマト君が加わった。

「ね、ヤマト君、いつものアレ、作ってよ。」

早紀ちゃんが言う。

「アレって？」

たずねても、

「ないしょだよね〜。」

早紀ちゃんはヤマト君に目配せをする。

ヤマト君は無表情のまま、冷蔵庫を開けて、にんにくとアンチョビを取り出した。

うん？　なにを作るんだろう？

ヤマト君の動きを見ていると、

「ハナビ、これ、オーブンに入れてくれる？　ティナちゃんは、これを蒸して！」

愛子さんに言われた。

「はい、は～い！」

オーブンを開けてふり向くと、ティナちゃんは野菜を蒸し器に入れている。その顔の、なんとかがやいていること……。

コンビニでからあげ弁当を買っていたときのティナちゃん、修理したバッグをおしかえしたときのティナちゃん、くつをかくされてこまっていたときのティナちゃん——どのティナちゃんともちがう顔だ。

あたしまで、うれしくなってくる。ふんふんと鼻歌を歌っていると、

「おい、もたついてんじゃねえぞ！」

背後から、ヤマト君にしかられた。

9 小(ちい)さなお客(きゃく)さま

早紀(さき)ちゃんに言(い)われて、ヤマト君(くん)が作(つく)っていたのは、バーニャカウダという料理(りょうり)だった。

キャベツやパプリカ、かぼちゃやにんじん、さやえんどう……。いろんな蒸(む)した野菜(やさい)を、熱々(あつあつ)にしたソースにつけて食(た)べると、めちゃくちゃおいしい。

ソースにオリーブオイルが入(はい)っているのはわかるのだけど、あとはきっと、ヤマト君(くん)が手(て)にしていたにんにくとアンチョビとか……？

「ああ、幸(しあわ)せ！」

ティナちゃんはなんども口(くち)にする。

「毎日(まいにち)、コンビニのお弁当(べんとう)じゃ、あきちゃって。」

「おうちの人は、作ってくれないの？」

愛子さんが聞くと、

「パパとママは離婚しちゃったし、ママはほとんどうちにいないし。お手伝いの人はいるけど、夕方には帰るから、ごはんはないの。」

めんどくさそうに答える。

「じゃ、ときどきうちに食べに来れば？」

愛子さんは、さらっと言う。

「えっ、いいの～？」

ティナちゃんの目がかがやいた。

「ただし、うちの人にも、ちゃんと居場所を伝えておくのよ。」

「はーい。」

「それなら、オッケーよ。」

愛子さんは、ウィンクをする。早紀ちゃんは、ティナちゃんを見つめながら、なにやら考えていたけど、ふいに目を見開いた。

「そうだわ。ティナちゃんって、だれかに似てるって思ってたけど、わかった。女優の湯島香織さん。」

早紀ちゃんが言い終えるや、ティナちゃんは大きく顔をしかめる。

「よく言われるの。でも、ほんと、いや。あの人、スキャンダルばっかりじゃない。あんな人に似てるなんて、最低よ。」

ティナちゃんの、いかにもいやそうな言い方に、食事の場がシーンとなった。愛子さんがそんな雰囲気をふきはらうように、明るく口を開く。

「あんなにきれいな人に似てるって言われるなんて、うらやましいわよねえ。」

「ほんと、ほんと。うらやましい！」

早紀ちゃんも強調するように言う。

「ヘンなの。みなさんだってステキなのに……。」

ティナちゃんは、きゅっとくちびるをとがらせ、話題を変える。

「そういえば、ヤマト君って、コンビニでバイトしてるでしょ？」

ずっとだまっていたヤマト君がうなずいた。

「やっぱりなあ。どこかで見たことがあるって思ってた。あのコンビニは、毎日のように行ってるし、なんか最近イケメンのバイトが入ってきたなって思ってたから。」

「ティナちゃんちも、あの近く？　ハナビのうちもあのへんよ。」

愛子さんが言うと、ティナちゃんも大きくうなずき、

「ハナビちゃんから聞いた。びっくりよ。」

と言い、あたしを見た。あたしは軽く肩をすくめる。

「まさか、いっしょに夕ごはん食べるなんてね。」

「いいなあ、こんなふうに、いっしょにごはん作って、みんなで食べて。いろんな話をして。こういうの、いいなあ。」

ティナちゃんは遠い目をして言った。

食事が終わり、あとかたづけをして、デザートを食べているとき、このまえつきかえされたバッグを、おそるおそるティナちゃんに見せた。

ティナちゃんはじーっとバッグをながめて、

「かわいい！　前よりかわいくなってる〜！」

と大声で言った。そして、申し訳なさそうに、あたしを見た。

「あのときは、ごめんね。わたし、あの学校の人たちのこと、だれも信用してないから。どうせまた、いやがらせだろうって思ったの。」

「そうだったんだ……。」

「用心深くしてないと、なにされるかわからないもん。」

「たしかに……。」

あたしは実感をこめて、うなずいた。


午後八時すぎ、ティナちゃんは帰ると言いだした。

愛子さんの提案で、ティナちゃんちのあたりのことをよく知っている、ヤマト君とあたしが送っていくことになった。

外に出ると、五月の風は、少し生ぬるくて、気持ちいい。

ついこのあいだまで、見知らぬ者たちだった三人が歩きだす。

「楽しかったなあ。」

ティナちゃんは歩きながら、そうひとこと言ったきり、あとは楽しかった時間を胸に秘めておこうとするように、なにも話さなかった。

あたしもヤマト君もだまって歩いた。ただ、三人とも表情は晴れやかだ。

ティナちゃんは、いつものコンビニより手前の路地を曲がるところで、

「ここでいいわ。きょうはありがとう。」

と言って、手をふった。

帰り道、あたしと二人きりになったところで、ヤマト君が口を開く。

「あの子のお母さん、早紀ちゃんが言ってた女優だ。二回くらい、いっしょにコンビニに来たことがあるんだ。」

「そうなの～？」

思わず声がひっくりかえってしまった。だって、あんなにいやそうだったから……。

それじゃあ、あたしがスーパーマーケットの前で見た、サングラスをかけていた人が女優さん？　たしかにきれいだった……。

「でも、よかったじゃないかよ。バッグ、喜んでくれて。」

「あっ、う、うん……。」

ちょっとドギマギした。ヤマト君と二人きりで歩いていることを、ふいに意識したから。しかも、ヤマト君、ふつうに話してくれている。

「あっ、そ、そういえば、きょう、ヤマト君、学校、行ったんだね。」

つっかえながら言った。

「行ったというより、よび出された。おれ、あまり学校に行かないから。で、行ってみたら、おやじもよばれてた。」

ヤマト君は、なんでもないふうに淡々と話す。

「怒られた？」

どきどきしながら聞いた。

「先生は、学校に来ない理由を聞いただけ。だから、なんのために勉強するのか、わからないって答えた。なんの目標もないし、自分の将来が見えないって……。」

ヤマト君の答えは、あたしの胸にささった。

なんのために勉強するのか？　自分の将来……？

そんなこと、考えたこともなかった。

「おやじのほうは最低だ。おれが帰ってこなくなって、奥さんと、その息子とうまくいってるって。だから、愛子さんには、ほんとうに感謝しているそうだ。」

「ええーっ！」

それって、ひどい。ひどすぎる！

親が、子どもが帰ってこなくなったことを喜ぶなんて……。

思わず、「帰ってきて。」って言い続けてくれるパパとママに、感謝の気持ちがわいてくる。

「あっ、おれ、いろいろしゃべってる。」

ヤマト君は苦笑いをうかべる。ふだんはめったに自分のことは話さないのに、きょうはこうしていろいろ話してくれているところをみると、学校のことやお父さんのことなどで、いっぱい思いがたまっていたのかもしれない。

公園が見えてきた。この公園は、ティナちゃんにバッグをつきかえされて、落ちこんでいるあたしを、ヤマト君がはげましてくれた場所だ。

ヤマト君もなにかを感じたのか、公園のほうに目をやっている。

「あれ、あの子……。」

ヤマト君の視線の先には、ブランコに乗っている小さな女の子の姿があった。

「もう九時近くだぜ。どうしたんだろう？」

言うなり、ヤマト君は迷わず公園の中に入っていく。そしてブランコのほうにまっすぐに向かった。あたしもあとを追う。

「どうしたの？」

ヤマト君は、女の子にやさしくたずねる。

「ママを待ってるの。」

ブランコを小さくゆらしながら、女の子は小声で言う。

「もうおそいよ。」

「ママはお仕事で、まだ帰ってこないの。」

「だけど、こんなところにひとりでいたら、危ないよ。」

女の子はそれには答えず、ブランコをゆらし続ける。ヤマト君は、あたしに向かって、小声で言う。

「愛子さんに電話して、どうしたらいいか聞いて。」

「わかった。」

あたしがスマホを手にしたのと同時に、

「よ〜し、競争だ！」

とヤマト君はブランコに飛び乗った。

電話に出た愛子さんは、すぐにここまで来ると言ってくれた。

「リサのほうが速いし！」

女の子は、ヤマト君に負けまいと、一生懸命ブランコをこぐ。

「おおっ、すげえな。」

ヤマト君が、わざとへばったような顔をする。

そういえば、ヤマト君には弟がいるんだよね。今のお母さんの子どもなんだろうけど、知らない女の子に対して、こんなにやさしく接するヤマト君のことだから、きっとかわいがっていたんだろうな……。

愛子さんは、すぐにかけつけてきた。あわてて飛び出してきたらしく、右と左でちがうサンダルをはいている。よく見ると右はスリッパだ。

びっくりしてすぐに言おうと思ったけれど、愛子さんは笑顔で、

「こんばんは。」

と、ブランコに乗っているリサちゃんに声をかける。リサちゃんは、ハッとみがまえ、ブランコをこぐのをやめた。

「おばさんは、このお兄ちゃんとお姉ちゃんのおばさんなの。」

そう言ってから、

「あら、なんだかヘンな表現だったかな。」

とひとりでつぶやく。

「ママを待ってるんだって？」

リサちゃんはおびえたように、小さくうなずく。

「でももうおそいから、今から、みんなで、リサちゃんちまで送ってってあげる。」

愛子さんはずっと笑みをたやさない。

「いや。」

リサちゃんの小さな声が聞こえた。

「帰りたくない！」

今度ははっきりと答える。

「だって、帰っても、リサひとりだし。」

「そうか。じゃあ、おばさんちで、ママを待っていようか？　だけど、ママが帰ってきて、リサちゃんがいないと心配するでしょ。だから、ママに連絡できないかなあ。」

あくまで、やさしくにこやかに言う愛子さんに、リサちゃんは首を強く横にふった。

「連絡できないなら、ママにお手紙を置いておくのはどう？　電話番号とか書いて、もどってきたら連絡してもらうの。どうかな。」

リサちゃんはうつむいて、なにやら考えていたが、少し顔をあげると、ブランコからおりて、

「うちは、あそこ。」

と指を差す。その指の先には、古いアパートがあった。

「じゃあ、ママにお手紙を書きに行きましょうか？」

愛子さんはどんどん話を進めていく。

リサちゃんはうなずき、案内するように先を歩く。

ほんの数分で、そのアパートに着いた。

リサちゃんが、ポケットからカギを出そうとしたとき、中から女の人が飛び出してきた。愛子さんと同じくらいの年に見える人だ。

「まあ、リサちゃん、どこに行ってたの？」

「公園……。」

うなだれて、リサちゃんは答える。

「夜、ひとりで出かけちゃいけないって、ママから言われてたでしょ？」

「だって……。」

そのとき、愛子さんが近くの古民家でカフェをしている者だと名乗り、これまでのことを説明する。

「あの『三丁目カフェ』の方なんですね。それなら安心だわ。わたしはこの子のママの友だちで、ときどきこの子の様子を見に行ってやってほしいってたのまれてたんですけど、きょうもこんな時間になるまで来られなくて……。わたしも家に子どもがいるので、もうそろそろ帰りたいんです。」

「リサちゃんのママとは連絡できますか？」

愛子さんが聞いた。

「それが、リサちゃんのママは居酒屋で働いていて、終電か、始発でしか帰ってこられないんです。今も仕事中なので、電話はできないけど、ＬＩＮＥなら……。」

愛子さんは女の人に、自分のメールアドレスと電話番号を書いてわたし、リサちゃんのママに連絡してほしいと伝えてくれるよう、たのんだ。

「よかったわね、リサちゃん。これでママと連絡できるわ。じゃ、ママから連絡があるまで、うちで待ってようか？」

愛子さんが言ったとき、リサちゃんのお腹がグーッと鳴った。

「おやおや、リサちゃんはお腹がすいているのかな？」

リサちゃんははずかしそうに、うなずく。

「じゃあ、早く行って、なにか食べなきゃね。」

愛子さんは言い、ヤマト君を指差した。

「このお兄ちゃん、料理がとっても上手なのよ。なにか作ってもらおっか。」

リサちゃんは、ヤマト君を見上げた。

「よ〜し、わかった。まかせて！」

ヤマト君は胸をはる。リサちゃんが笑ったから、あたしもいっしょに笑った。

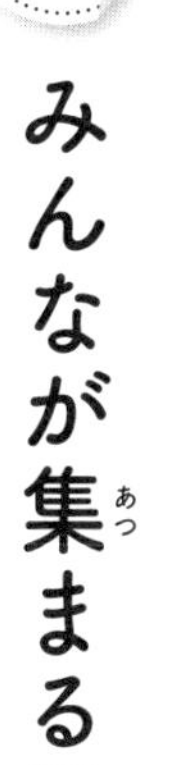

10 みんなが集まる場所

リサちゃんは愛子さんのうちに来て、ヤマト君が作ったレタスチャーハンを、「おいしい、おいしい。」と言って、あっというまにたいらげた。

夕ごはんは用意されているみたいだけど、「あまり食べたくない。」と言う。

その気持ちは、あたしもよくわかる。ひとりで食べるときは、味や量より、お腹を満たすための食事になりがちだ。

リサちゃんについて、いろんなことがわかった。名前は、平野里沙。小学三年生だ。パパはいないとだけ、リサちゃんは言った。

あたしはリサちゃんと会ってから、ずっと気になっていたことがある。リサちゃんがはいているデニムのショートパンツに二か所、大きなほころびがあることだった。

それを、どうしたら直せるか、いっしょにいるあいだ、ずっと考えていた。

そして、ついに思いついた！

「ね、リサちゃん。お姉ちゃんが、そのショートパンツ、もっとかわいくしてあげる。」

「ほんと〜？」

「うん。そのあいだ、リサちゃんは、これ、はいてて。」

あたしの部屋着を持ってきた。リサちゃんには大きすぎてブカブカだけど、ちょっとのがまんだ。

ハンドメイドボックスと、赤いバンダナを持ってきて、そのバンダナを、大きいのと小さいのと二つ、星の形に切りぬいた。

バンダナは薄いから、補強のためにシールタイプの接着芯をはって、さらにフェルトにぬいつけたあと切りぬけば、手作りワッペンの完成だ。

「このお星さまを、こことここにくっつけたら、かわいくない？」

「うん。ものすごーくかわいい！」

リサちゃんが、はしゃいで大声をあげる。

「ステキなアクセントになってる。とってもかわいいわ。」

愛子さんが言い、同意を求めるようにヤマト君を見た。

「あっ、おれ、よくわかんねえから。」

そう言いながらも、ときどき、あたしの手元を見ているのに気づいてた。また、亡くなったお母さんのことを思い出しているのかな。

「さあ、できあがり〜！」

あたしが言うと、リサちゃんは大喜びで、すぐに着がえて、はしゃいでいた。けれどいつしかソファで寝てしまった。そりゃそうだ。もう十一時近いもん。

「さっきリサちゃんのママからメールが来たの。そろそろむかえに来るそうよ。」

愛子さんが言う。そこへ——。

リサちゃんのママと思われる女の人が、たずねてきた。

愛子さんがリサちゃんのママをカフェに案内した。

リビングには、ソファでねむっているリサちゃんと、ヤマト君とあたしの、三人が残された。

ヤマト君は、キッチンに入って、なにやら作っている。聞くと、以前愛子さんが教えてくれた、焼きりんごを作るんだって。

リビングに、シナモンとりんごのあまい香りがただようなか、あたしはきょう、ずっと心に引っかかっていたなにかについて思いをめぐらす。

ヤマト君、ティナちゃん、リサちゃん……。

みんな、自分のうちでは、ひとりぼっちだ。そして、みんな、愛子さんのうちに来て、いっしょにごはんを食べると、元気になる。

あたしもそうだった。ここに来てから、ずいぶん元気になれたし、心が軽くなって、毎日が楽しくなった。学校でひとりぼっちでいることも、前ほど気にならなくなっている。

だけど、あたしより、みんなのほうがずっと傷ついているように感じてしまう。

あたしが元気になれたように、毎日が楽しくなったように、ティナちゃんにも、リサちゃんにも、そうなってもらいたい。

みんなでいっしょに料理をして、みんなでいっしょに食べて、いろいろな話をして、笑ったり、泣いたり、はげまし合ったりできたら……。

だけど、みんながみんな、ここでくらすわけにもいかない。それじゃあ、愛子さんが大変すぎる。だから、ここのような場所が、もっとあったらいいのに……。

「よし、できた！」

ふいに、ヤマト君が言った。

「うわっ、待ってました！」

とびはねるようにいすから立ち上がり、キッチンに向かう。

オーブントースターから出てきた器には、キツネ色に焼かれたうす切りりんごがきれいに重ねてならべられている。とけたバターがりんごをつたってからみ合う。

「うわー、おいしそう！」

声をあげると、

「残念でした！　これはリサちゃんにあげるんです！」

ヤマト君が言った。

「でも、味見くらい……。」

フォークを手にいじきたなくねばると、

「じゃ、特別に一つだけならゆるしてやる。」

ヤマト君はえらそうに答える。

「やった！　では、いっただきま〜す！」

りんごをひと切れ口の中に入れると、シナモンバターの風味とりんごのあまずっぱさが口いっぱいに広がった。

「うん、おいしー！　焼き色といい、香りといい、味といい、すばらしー！」

そこに愛子さんが入ってきた。

「今夜は、リサちゃんに泊まってもらうことにしたの。この時間に起こしたら、ちょっとかわいそうでしょ。明日の朝、ママがむかえに来るって。」

「そっかー、よかったー！」

「リサちゃんちね、リサちゃんが四歳のときにパパが亡くなって、ママはひとりで大変らしいの。

仕事もなるべく早番にしているそうなんだけど、週に三日か四日くらいは、きょうみたいに遅番になっちゃうこともあるんですって。

だから、おそくなる日は、うちであずかってもいいですよって言ったんだけど、それは申し訳ないって、ずいぶんえんりょされてたわ……。」

「うちのおやじとは、ぜんぜんちがうな。」

ヤマト君がボソッとつぶやく。

「とにかく協力できることがあったら、してあげたいわ。あんたたちもよろしくね。それより、もうおそいわ。早く寝なさい。」

愛子さんが話を終えようとしたとき、あたしは切り出した。

「あのね、まだ思いつきなんだけど、リサちゃんやティナちゃんみたいな人たちが、みんなでいっしょにごはんを食べる場所を作るって、むずかしい？」

「えっ、どういうこと？」

「だからね、今みたいな感じなんだけど、もっと、みんなの食堂っていうか、カフェっていうか……。とにかくそういう場所。」

「だれがやるの？」

愛子さんは、しげしげとあたしを見た。

「たとえば、あたし、とか……。」

なんとなくヤマト君に目を向ける。

「えっ、おれも？」

ヤマト君は目を丸くする。

「たとえば、の話。」

反対されないように、すばやく答える。

「そうね、ハナビの提案は、すばらしいと思うわ。だけど、二人や三人じゃないわけでしょ。何人も集まって、いっしょにごはんを食べるなら、それなりにお金がかかるし、ごはんを作る人もいるじゃない。

わたしだって、そういうことは大好きだし、なんとか協力してあげたいけど、イラストの仕事と、夕方までのカフェとで、かなりキツいのが現実なの。」

「うん。そうだよね……。」

「だから、ハナビの、そういう場所を作りたいって気持ちは、これからも持ち続けて、いつか実現すればいいんじゃない？　あせることないわ。」

「うん……。」

愛子さんが言うことは、ぜんぶそのとおりだと思う。だけど、口に出してしまったら、どうしてもやりたくなってしまった。

なにか、いい方法はないのかなあ。


翌日、学校に行っても、頭の中は、『みんなが集まって、ごはんを食べる場所』のことでいっぱいだった。

体育の時間に、ヤヤコたちにからかわれたみたいだけど、それさえ覚えていないほど、ほかのことはなにも気にならない。

なにかに夢中になるって、まわりのことがあまり気にならなくなるってことなのかな。

夢中になれるものがあったら、少しは強くなれるのかな？

授業が終わるや、ティナちゃんがあたしの教室にやってきた。

「いっしょに帰ろ。」

「あっ、う、うん……。」

ティナちゃんと二人、教室を出ようとすると、

「見て！」

ヤヤコが声をあげた。

「三組と一組のきらわれ者同士だよ。」

ヤヤコといっしょにいた子たちは、大声で笑う。

ティナちゃんはツンとあごを上げ、ヤヤコをにらみつけて教室を出た。

学校の外に出ると、ティナちゃんは、

「きのうはありがと。すごく楽しかった。」

と切り出した。

「ちょっと相談があるんだけど、どこかに、よっていかない？」

「うん。あたしも相談したいことがあるの。」

ということで、ティナちゃんとあたしはハンバーガーショップに入った。

学校では禁止されてるから、子ども同士で入るのははじめてで、あたしはまわりを見回

しながら、ドキドキしている。ティナちゃんは、なれている感じだ。

「相談って？」

「わたしさ、ほんとは、きょうもまた愛子さんちに行きたいなって思ってるの。でも、いくらなんでも、毎日行くわけにもいかないじゃない。だから、考えたんだけど、わたしも愛子さんちに下宿させてもらえないかと思って……。」

「えっ！」

おどろくあたしの顔をのぞきこむように、ティナちゃんは、

「家賃はちゃんとはらうから。むり？」

とたずねる。

「それは……。愛子さんに聞いてみなきゃわからないけど、正直言うと、空いてる部屋はもうないの。」

あたしが言ったとたん、ティナちゃんはがっかりした表情になり、

「そうだよね……。」

とさびしそうに言った。

ティナちゃんが言ったことは、思いがけず、あたしがきのうから考えていることに近いものだった。

「あたしもね、きのう考えたの。」

きのう、ティナちゃんを送ったあと、公園でひとりでブランコに乗っているリサちゃんに会ったこと。それからリサちゃんを連れて帰ったこと。リサちゃんも夜、ひとりぼっちということ。

自分のことやヤマト君やティナちゃんのこともきっかけになって、カフェのような、みんなでいっしょにごはんを食べられる場所を作れたらいいなって思ったことなどを話した。

「それ、いい！　ぜったい、いい！」

ティナちゃんのくもり顔が、いっきに晴れ上がる。

「ただね、お金のこととか、いろんな問題があって……。」

今度は、あたしの顔がくもる。

「だめだめ。かんたんにあきらめちゃ。しっかり考えようよ。」

ティナちゃんは、すっかりノリノリで、注文したハンバーガーにガブリとかじりついた。

11

夜カフェ

「なんとか愛子さんを説得すべきよ。」

ティナちゃんは、ずばり、言った。

「そりゃ、やっぱり愛子さんがいちばんよね。」

もちろん、あたしだってそう思う。

「うちの親はまったく当てにならないけど、ハナビちゃんの親とかは？　だって、あなたのママは愛子さんのお姉さんなんでしょ？」

「それはそうだけど……。」

パパとママの顔を思いうかべる。パパもママも、愛子さんちにちょくちょく顔を見せるし、ゴールデンウィークは二人で旅行してたし、それなりに仲良くやっている感じだ。

雰囲気は悪くない。むしろ、あたしがうちを出たことで、なんとか二人の関係を修復しようとしているようにも見える。

それはそれで、うれしいことだけど、あんなに生意気言って、うちを出てきちゃって、まだ一か月にもならないっていうのに、またまたお願いっていうのもなあ……。

あたしのそんな思いを見ぬいたように、ティナちゃんは言う。

「ハナビちゃんの気持ち、わかるわ。わたしだって、親に協力をたのむなんて、死ぬほどいや。なにをかくそう、わたしは俳優の湯島香織と佐山勇介の娘。そのことで、わたしがどれほど苦労したと思う？

小学校は私立の女子校だったけど、スキャンダル女優の娘とか言われて、すごくいじめられた。だから中学は公立にしたのに、やっぱりいじめにあってる。」

「あたしは逆だったよ。私立にさえ入れれば、いじめからのがれられると思ってた。」

愛子さんは私立に行ったからって、のがれられるとはかぎらない、みたいなことを言ってたけど。ほんとうにそうなんだ……。

「そりゃそうだよね。どこに行っても、いじわるな子はいるんだし……。

それに、パパとママは三年前に離婚したけど、毎週のようにワイドショーとかでスキャンダルの連続だもん。

パパは遊びまくってるみたいだし、ママだって、海外ロケだの、地方での撮影だのって、ほとんどうちにいない。わたしだって、あんな家、うんざりよ。」

そうだったんだ……。

「だから、みんなでいっしょに、ごはんが食べられる場所ができるなんて、夢のようだわ。ね、ぜったいに実現させようよ。」

「そうね。そうだよね！」

思わずこぶしをにぎった。心強い味方ができて、うれしくなった。ティナちゃんの声にも力が入る。

「じゃあ、まずは愛子さんに相談してみるしかないわね。場所は、どう考えても、あのカフェしかないでしょ。」

「うん。じゃ、今から行こうか。」

ティナちゃんと話しているあいだに、結局はふりだしにもどり、愛子さんに相談にのってもらうことにした。ゆうべ、「あせらないで。」って言われたばかりだけど……。

愛子さんちに着いたのは、ちょうどカフェの閉店時間で、愛子さんと早紀ちゃんは、あとかたづけの最中だった。

「あら、ティナちゃん、さっそくまた来てくれたのね。」

愛子さんは笑顔でむかえる。

ティナちゃんは、早く話せとばかりに、あたしのこしのあたりをひじでつっついた。

あたしは、カウンターの向こうにいる愛子さんのほうに近づいていく。

「あのね、ゆうべ話したこと、ティナちゃんにも話したの。愛子さんはあせらないでって言ったけど、やっぱりどうしても作りたい。みんなが集まって、いっしょにごはんを食べられる場所を。だから、もう一度相談にのってくれないかな。」

「わたしもね、あのあと、いろいろと考えたのよ。この店、五時で閉店でしょ。それからは空いているわけだし、ハナビが言った場所に使えるんじゃないかって。ただ……。」

コーヒーカップをふきんでふきながら、愛子さんは考え考え、ゆっくりと話す。そこへ背後にいたティナちゃんが口を出す。

「わたし、料理だって勉強します。なんだってします。それくらい、ここに来たいの。もう、ひとりぼっちはいや。

わたし、ずっと友だちができなかったから、ハナビちゃんと会えてうれしいし、だからいっしょになにかやりたいの。お願いします！」

まるでさけぶような言い方だった。あらためて、長いあいだのティナちゃんの孤独が伝わってくる。

「あたしからもお願い。ちゃんとルールも作るし、なんでも愛子さんに相談する。どうかやらせてください！」

深々と頭を下げると、ティナちゃんも同じように頭を下げた。すると、ずっとだまっていた早紀ちゃんが、宣言するみたいに声をあげる。

「愛子さん、わたしも手伝います！」

「もうっ、あんたたちって、おかしいんだからっ。」

愛子さんは笑いだした。涙を流しながら笑った。

「なんだか、わたし、物わかりが悪い、がんこババアみたいじゃないの。」

「そんなこと……。」

言いかけて、あたしも笑った。ティナちゃんも早紀ちゃんも笑いだした。

「そうそう、そんなふうに笑顔で、楽しくやりましょうよ。そのほうが、ここに来る人たちも喜ぶんじゃない？」

愛子さんが言った。

結局、その日は、そのまま作戦会議ということになり、お母さんに連絡を入れたティナちゃんは泊まっていくことになった。

みんなで夕ごはんを作りながら、食事しながら、ずっとカフェについて話し合った。食事が終わったころ、ヤマト君もバイトから帰ってきて、話し合いに加わる。

話題は、ちょうどお金のことになったところだった。

「金なら、うちのおやじに出させればいいよ。」

ヤマト君が言った。

「おやじのやつ、おれがここにいることを、ものすごく喜んでて、愛子さんに食費をわたしたいって言ってたくらいだから。」

くやしそうな表情のヤマト君に、愛子さんは言う。

「お父さんなりの愛情かもしれないわよ。ヤマト君にとっては、こっちにいるほうが幸せなんじゃないかって思われたのかもしれない。だから、あまり悪くとっちゃダメよ。」

「そんなことない！　おやじは自分たちが幸せなら、それでいいんだ！」

ヤマト君が投げつけるように言った。

だれもが息をのみ、その場はしんとなった。沈黙をやぶったのは、ティナちゃんだ。

「わたし、わかるなあ、ヤマト君の気持ち。うちだって、同じだもん。どう考えても、子どものことを考えているなんて思えないよ。うちこそ親がお金を出せばいいんだわ。」

「ちょっと待ってよ。二人して、お金、お金って……。」

愛子さんはため息をつく。

「そりゃ、二人とも、親で苦労していることはわかるわ。わたしだって、親とはいろいろあったもの。

姉はずっと優等生だったし、なにをするのも積極的で、まわりの人気者だったから、両親ともに姉にはあまかった。『お姉ちゃんを見習え。』って、ずいぶん言われたものよ。」

愛子さんが言う〝姉〟とは、あたしのママのことだ。知らなかった。そういう姉妹だったなんて……。

「だからね、わたしはすごくひがんで、親とはなれたくてね、必死にバイトしてお金をためて、大学卒業してすぐひとりでイギリスに行っちゃったの。

イギリスにいるあいだに父が亡くなったんだけど、帰ってみたら、わたしあての長い手紙があって、それを読んだら、父は、いつもボーッとしてて、なにを考えているかわからないわたしのことを、ほんとうに心配してくれてたんだってことがわかったの。

親子って、近すぎて、かえって、なかなかわかり合えないものなのかもしれないわ。親とはいっても、ひとりの人間なんだし……。

だから、わたし、親とか親戚とか、そういうの関係なく、いろんな人と出会って、いっしょにごはんを食べるのが大好き。わたしがいちばん大切にしていることなの。だから、あなたたちに出会えて、とーってもうれしいの。」

愛子さんが話し終えたとき、ティナちゃんがそっと涙をぬぐったのが目に入った。

あたしだって、なんだかグッときてる。あたしが知らなかったママと愛子さんの関係、おじいちゃんやおばあちゃんのこと……。

みんな、いろんなことがあって、生きているんだなって思う。外から見ただけじゃわからない。それでも、こうして出会えるって、なんてステキなんだろう。

「あらあら、よけいな話をしちゃったわね。」

愛子さんは、てれくさそうに笑い、話題をもどした。

「あなたたちが作りたいと思っているのは、あくまで、みんなで集まって、いっしょにごはんを食べる場所だよね。

ひとりで食べるより、みんなといっしょのほうが楽しいって思ったからよね。その気持ちが、わたしはうれしかったし、それなら協力しようじゃないのって思ったのよ。だから、だれかのお金を当てにするのはやめましょうよ。みんなでがんばろ！」

「うん、がんばる！」

あたしが力をこめて言うと、

「わかった……。」

　ティナちゃんが静かに答える。

「おれ、八つ当たりみたいなこと、言っちゃって……。」

　ヤマト君があやまろうとすると、愛子さんはすぐにさえぎり、

「いいのよ。ときどき発散しないとね。自分ひとりでためておくのは良くないわよ。」

と元気よく言い、話を続けた。

「材料費がいちばん問題だけど、近所に畑を作っているおじいさんがいて、売るわけじゃないから、いくらでもあげるって言われたことがあるの。そのおじいさんにも協力してもらったら、どうかな。

　それから、はじめは、うちのカフェに張り紙をして、近所の子どもたちに来てもらうっていうのはどう？」

「子どもって、何歳くらいまでかなあ？」

　ティナちゃんが言うと、

「はじめは、小学生を数人って感じ？」

と早紀ちゃん。

「えーっ、中学生はダメなの？　だったら、わたしはアウトってこと？」

　ティナちゃんが不満そうに口をとがらせると、すかさず愛子さんが言った。

「なに言ってるの。ティナちゃんはハナビ同様、言いだしっぺのひとりなんだから、スタッフとして働いてもらうわよ。」

「スタッフって、なにすんの？」

「料理作ったり、子どもたちと話したりするのよ。わっ、ちょっとワクワクするわね。」

　愛子さんはすでに楽しそうだ。あたしはずっと気になっていたことを口にする。

「子どもたちに、お金をはらってもらうの？」

「そこなのよね〜。基本的にはもらいたくないでしょ。でも、まったくもらわないっていうのも、もしも人数が増えていったとき、続けられなくなる可能性もある。だから、たとえば、ひとりで夕ごはんを食べている子からスタートして、ひとり百円にするとか……。」

　愛子さんの意見に、ヤマト君が賛成する。

「そのほうがいいと思う。タダだと、かえって気がねするかもしんねえし。おれだって、愛子さんが食費もなにもいらないって言うから、ちょっとえんりょしてたんだ……。」

「あら、そうだったの!?」

愛子さんは、のんきそうな声をあげる。

こんなふうにして話し合いは進み、だいたいのことは決まった。

開店時間は、毎週水曜日の六時から八時まで。

料理の担当は早紀ちゃん、ヤマト君、イラストの仕事のしめきりがせまってないときは愛子さん。もちろん、ティナちゃんとあたしも、猛練習する。

料理を運んだり、子どもたちと話したりするのは、ティナちゃんとあたしだ。はじめは、小学生のみ数人。

その夜は、あたしの部屋で、ティナちゃんとふとんをならべて寝る。

「ねえ、ＬＩＮＥ教えてくれない？　わたしたち、クラスも別々だからすぐに連絡取れるようにしようよ。」

ティナちゃんが、今入ったばかりのふとんから起き上がって言った。

「うん、もちろん！」

あたしも飛び起きて、スマホを取り出す。親以外では、はじめての「友だち」登録に、なんだかウキウキしてしまう。

もうずっと仲良しだった気がするのに、まだ話をするようになってから二日しかたっていない。LINEの交換をすると、あたしたちはまたふとんにもぐった。

「ふしぎだよね……。まさかティナちゃんと、LINEでつながったり、こうしていっしょに寝るなんて、夢にも思わなかった。」

となりにティナちゃんの息づかいを感じながら言う。

「わたしも今、それ、考えてたとこ。ちょっと前はよけいなおせっかいする子だとしか思ってなかったのにね。でも、なんだかわたしの人生が変わるような予感さえするの。ハナビちゃんのおかげ。」

「たまたまだよ～。」

てれくさくて、ちょっとだけふとんをかぶった。

「あとね、愛子さんの笑顔にも救われた。うちのママは女優だから作り笑いは上手だけど、愛子さんのは、ホンモノの笑顔だわ。なんか、毛布みたいなあったかいものにくるまれているような……。」

「そうだよね～。なんかあの笑顔を見ると、安心するよね～。ちょっとドジなところもね！」

天井に、愛子さんの笑顔を、思いうかべた。

「そうだ、カフェの名前、考えなきゃね。」

ティナちゃんが、言った。

「そうだった。名前はあたしたちにまかせるって言われたんだもんね。う～ん、なにがいいかなあ。」

「子どもカフェ。な～んて、よくありそうだよね～。」

ティナちゃんは、う～んとうなりながら目をつぶって悩んでいる。あたしも天井をにらみつけながら考える。

「カフェ……。夜に開店するカフェ……。」

「それよ、ハナビちゃん。それ！」

ティナちゃんは、ガバッとふとんから飛び起きて、興奮ぎみに言う。

「えっ？」

あたしも、ふとんからはね起きた。

「夜のカフェ、夜カフェよ！」

「夜カフェねー。」

「ちょっと大人っぽい感じが、いいんじゃない？」

「うん、いいかも！」

あたしはポンと手を打った。

12 準備オッケー

愛子さんのカフェに、『子どもたちの食堂――夜カフェ。近所の小学生で、ひとりで夕ごはんを食べることが多い子募集中！』と書いた紙をはった。

募集をしているあいだ、あたしはランチョンマットやコースターなどを手作りしたり、ティナちゃんといっしょに、愛子さんたちから料理を習う。これがもう、大変！

「ちがう！」

ヤマト君の大声に続いて、

「もう、わかってるんだから。」

ティナちゃんの反発の声があがる。

「だったら、やってみな。」

「やればいいんでしょ。やってやるわよ。」

食卓で、ランチョンマットを作ってるあたしは、手を止め、

「あの〜。ちょっとうるさいんですけど……。」

二人に声をかける。

「だって、ヤマト君がごちゃごちゃ言うから……。」

「ごちゃごちゃ？」

「はいはい。はいはーい！」

ティナちゃんは大声を出す。

あたしはおかしくてたまらない。まるで兄妹ゲンカみたいなんだもん。

「笑ってる場合じゃないだろ。」

ヤマト君の怒りのほこ先が、あたしに向けられた。

「はいはーい！」

ティナちゃんに負けないくらいの大声で答える。

毎日、ヤマト君のきびしい料理指導が続く。ティナちゃんは反発しながらも、最終的に

は、たよっている。

もちろん、あたしだってビシバシ怒られる。それでも、一生懸命に教えてくれようとするヤマト君を見ていると、素直になれる。


そうしているうちに、五月も終わりに近づいてきた。

青を中心にした布と、赤を中心にした布を組み合わせた、二種類のパッチワークのランチョンマットは三十枚仕上がり、アクリル毛糸で編んだカラフルなコースターは四十枚できた。子どもたちは喜んでくれるかな？

夜カフェに参加するメンバーに、最初に決まったのはこの前ここに来たリサちゃんだ。

ほかにも、五、六人の親が希望してきたみたいだけど、愛子さんはその子たちの家からカフェまでの距離や、希望した理由などを聞き、慎重に選んでいる。

そんなある日のこと、閉店間際のカフェに、ひとりの男の人がたずねてきた。

あたしとティナちゃんは、夜カフェの開店に向けて、足りないものはないか、チェックしているところだった。

その人は、カフェに入ってくるなり、

「ヤマトがお世話になって……。」

と深く頭を下げた。

ヤマト君のお父さんだ！　そう思ったとたん、あたしの胸がドクンとはずむ。ヤマト君はお父さんに対して、あんなに怒っていたけど、やさしそうな人に見える。

愛子さんは自宅のリビングに案内した。それからのあたしは、なにも手につかず、

「ヤマト君のこと気になるんでしょ。愛子さんといっしょにリビングにいれば？」

とティナちゃんに、ニヤニヤしながら言われてしまった。

「えっ？」

聞きかえしても、ティナちゃんはニヤニヤするばかりだ。

それからしばらくして、自宅の玄関のドアがバタンとしまる音がした。カフェをのぞきこんだヤマト君に早紀ちゃんが自宅の方を指差す。ヤマト君にも連絡がいったのかもしれない。ますます気になる……。

とちゅう、早紀ちゃんは、リビングにコーヒーを運んでいった。そして、もどってくる

なり、小声ながら早口で言う。

「ヤマト君のお父さん、どうやら外国のどこかに転勤になるみたいよ。ヤマト君にもいっしょに来ないか、みたいなことを言ってた。」

「ええ——っ！」

悲鳴のような声をあげた。

ヤマト君が、外国に行っちゃうかもしれない……。そう思うと、胸の奥がしくしくいたむ。

「だいじょうぶよ、ハナビ。」

いつしかあたしの名前を、よびすてにするようになっていたティナちゃんが、あたしの肩に手を置いた。

「あのヤマト君だよ。ご両親のことを怒ってるヤマト君が、その人たちといっしょに行くわけないいじゃない。」

「あっ、うん。そ、そうだよね。」

答えながらも、胸がバクバクしている。

ヤマト君と、このうちでいっしょに生活するようになってから約一か月。

最初はこわくてたまらなかったのに、ヤマト君がそばにいることが、だんだん楽しいと感じるようになっていた。だから、ヤマト君がいなくなっちゃうのは、すごくさびしい。だけど、お父さんが帰られたあとも、ヤマト君の様子にまったく変わりはなく、いつもどおり料理のレッスン中は、どなり声がひびいた。

六月に入り、愛子さんが話していた近所のおじいさんが、たくさんの野菜をとどけてくれた。ようやく準備もととのい、参加するメンバーも決まった。

親御さんに送られて来るのは、小学一年生の男の子と、二年生の女の子。ひとりで来るのは、二年生の女の子と、三年生の男の子、そして三年生のリサちゃんだ。

いよいよはじめての夜カフェの日。開店する六時前には、もう全員そろった。

第一回のメニューは、ハンバーグとサラダ、そしてスープだ。ヤマト君が作ったハンバーグにかけるデミグラスソースは、味見したけど、めちゃくちゃおいしい。

手作りのランチョンマットをそれぞれのテーブルにしき、その上にハンバーグをのせた皿と、ごはんとスープを置く。

サラダとスープは早紀ちゃんとヤマト君の指導で、あたしとティナちゃんが作った。あたしたちもそれぞれのテーブルにつく。

ヤマト君は男の子チームに、ティナちゃんとあたしは女の子チームに。そして愛子さんと早紀ちゃんは、全員を見守ってくれている。

最初は緊張していた子どもたちも、

「わあ、おいしー！」

「おいしいね〜。」

と言い合いながら、食事が進むにつれ、口も軽くなってくる。

「あーっ、このお兄ちゃん、料理するんだって。男のくせに料理だって！」

三年生の男の子が、ヤマト君を指差して言う。坊主頭がよく似合ってる。

「なに言ってんだ。そんなの、もう古い考えだぞ。今は男もちゃんと料理する時代なんだから。」

男の子の坊主頭をグリグリなでながら、ヤマト君が言いかえす。

「えーっ、うそだ〜い！」

「うそじゃないよ。ちゃんと料理ができる男になれば、女の子にもてるかもしれないぞ。」

「ほんとー？」

「うん。お兄ちゃん、うそ、つかな〜い！」

リサちゃんがクスクス笑いながら、あたしに耳打ちする。

「あの子、リサと同じクラスなの。授業中もいつもふざけてばかりで、しょっちゅう先生に怒られてるの。」

「そうなんだ……。リサちゃんは先生のお話、ちゃんと聞いてるの？」

「ううん。よく寝ちゃってる。」

「あっ、あたしと同じだ。」

「えっ、ハナビちゃんも？」

「うん。学校じゃ、寝てるか、ボーッとしてるか、どちらかだな。」

リサちゃんは、あたしの顔をじーっと見ていたが、

「いじめられない？」

と聞いてきた。ドキッとしたけど、

「そうなの。いじめられるよ。」

正直に答える。

「ふうーん。学校じゃ、みんなと合わせておいたほうがいいみたいだよ。」

リサちゃんが、かしこそうな表情で言うと、すぐにティナちゃんが、口をはさむ。

「それができれば、苦労しないんだけどな。」

「ティナちゃんも、いじめられてるの？」

リサちゃんは意外そうな顔をする。

「わたし、クラスの人とは、ぜんぜん話とか合わせようとしないから、生意気に見えるんじゃないのかなあ。」

ティナちゃんは長い髪を手でゆっくりとかき上げた。

「あっ、わかる。なんか、ちょっとえらそうに見えるかも……。」

と、リサちゃん。それを聞いたティナちゃんは、ふき出した。

話ははずみ、あっというまに時間がすぎた。

午後八時。リサちゃんは帰りたくなさそうだったけど、約束は守ることに決めた。

愛子さんと早紀ちゃん、そしてヤマト君が子どもたちを送っていく。

「早く来週にならないかなあ。」

ヤマト君をからかった坊主頭の男の子が言い、ヤマト君に連れられて、なんどもふりかえりながら帰っていく。

「次はどんなごはんかなあ。」

ほかの四人も口々に言い、帰っていく。

手をふって見送りながら、なんだか切ない気持ちになってきた。

とっても楽しかったけど、なにかがチクリと胸をさす。

特別なことを話すわけじゃない。特別な料理を食べるわけじゃない。それなのに、いっしょにいると、どうして、なんでもない話が、なんでもない料理が、かがやいてくるんだろう。

どうしてはじめて会った人たちが、愛しく思えるんだろう。

みんな、いろいろあっても、さびしくっても、一生懸命がんばっているんだってことがわかるから？　その姿にはげまされるから？

学校でいじめられて、人間関係なんて、ないほうがいいって思ってきた。そのほうが気が楽だって。ヤマト君だって、ティナちゃんだって、きっとそう。

人間関係が苦手なあたしたちなのに、どうしてこんなことをしたくなったんだろう。

13 行かないで！

ジメジメした梅雨が続くなか、毎週水曜日の食事会は、無事に二回目が行われた。

「もっと日にちを増やしてほしい。」「友だちを連れてきたい。」という声がよせられるようになった。

中には、あたしが作ったランチョンマットやコースターの作り方を教えてほしいという子もいて、夏休みになったら、『ハンドクラフト教室』も開く予定だ。

ヤマト君の特訓もあって、ティナちゃんやあたしの料理のうでも、愛子さんによると、

「かなり進歩しているわ。」ということで、あたしたちもはりきっている。

じっとりとした雨が降り続く金曜日の夜、その日はティナちゃんの誕生日ということも

あって、愛子さんをはじめ、みんなで料理のうでをふるう。

メニューは、骨付きチキンの甘辛煮と焼きポテトサラダ、そして鯛のサラダ。

「まず骨付きチキンをフライパンにならべて、きざんだショウガとニンニクを入れるの。それから、今日はこれを入れましょう！」

愛子さんが得意気にキッチンの奥から出してきたコーラを見せる。

「えー、コーラ？」

「そう。あまみとコクが出るし、お肉もやわらかくなるのよ。鍋に、チキンがひたひたになるくらいまでコーラを注いだら、中火にかけて、落としぶたをして、十五分くらい煮るのね。

チキンが煮えたら、ふたを取って、アクを取り、しょうゆとお酒で味をつける。それからもう一度十分ほど煮こむんだけど、きょうはゆで卵もいっしょに煮こんじゃう。

どう？　かんたんでしょ？　じゃ、ハナビ、やってみて。」

手作りのレシピブックに、作り方を書き取っていると、急にふられた。

「えーっ、ちょっと待って愛子さん！　早いよぉー。調味料の分量をくわしく教えてください」

「うーん、感覚なのよね……」

ん？　愛子さんも感覚か。前に、ヤマト君もそう言ってたっけ。

「そこをなんとか！　ティナちゃんにおいしいって言ってほしいの！」

「わかったわ。えーっと、ニンニクとショウガは1片ずつ。しょうゆは大さじ3で、酒が大さじ2くらいかなぁ。」

大急ぎでメモを取る。よしっ、がんばるゾ！

愛子さんは、笑顔であたしの肩をポンとたたいて言った。

「ハナビ、たのんだわよ。じゃあ、ヤマト君は、いつか作ってくれた焼きポテトサラダをお願いしてもいい？」

「オッケーです。」

「ね、ね、焼きポテトサラダってなに？　どうやって作るの？」

レシピブックを手にたずねると、

「ひ、み、つ。」

ヤマト君は得意気な顔で、ニヤッと笑う。

「もうっ！」

「ハナビ、ふくれっ面してないで、早く取りかからないと、ティナちゃん、来ちゃうわよ。」

愛子さんに言われ、本日のメイン料理の骨付きチキンの甘辛煮に取りかかる。たしかに作りだしてみると、それほどむずかしい料理ではないんだけど、微妙な味付けが問題だ。最後に、しょうゆを少しだけ足して味をととのえると、愛子さんに味見をしてもらった。愛子さんは、『バッチリよ！』って言ってくれたけど、ちょっと心配……。

ヤマト君はすでに、ポテトサラダらしきものを焼きはじめている。愛子さんは、あっさりした鯛と水菜のサラダを作っている。

バースデーケーキを買いに行っていた早紀ちゃんが帰ってきて、だいたいの用意はととのった。

あたしは、ティナちゃんへの誕生日プレゼントに、料理のときに使うエプロンを手作りした。デニムの生地で、ふんわりしたジャンパースカート風にして、こしのところに赤のペイズリー柄のリボンをつけた。おまけとして、残った布で大きめのシュシュも作ってみた。

オシャレなティナちゃんが、気に入ってくれるかなあ。

いよいよティナちゃんがやってきた。テーブルの上は、すでにセッティングずみ。

「すごくいいにおいが、外まで流れてたわ。」

ティナちゃんは、黒と白の格子柄のストンとしたワンピースを着ていて、すごく大人っぽい。

「なんだか、感激しちゃう。こんなこと、パパとママがまだいっしょにいて、ホテルのレストランに連れてってもらって以来だわ。」

ティナちゃんは、緊張ぎみに立っている。

「さあ、真ん中にすわって。」

愛子さんに言われて、ティナちゃんは真ん中の席につく。

料理と、飲み物が運ばれ、

「では、ティナちゃん、誕生日、おめでとう！」

という愛子さんのひと声で、食事がはじまった。

骨付きチキンの甘辛煮も、味がさらにしみこんですごくおいしくなっている。

さらには、焼きポテトサラダなるもののおいしいことといったら。こんなの食べたことがない。ぜったいにヤマト君からレシピを教えてもらわなきゃ！

愛子さんの鯛と水菜のサラダはあっさりしているけど、かむと口の中にうまみが広がり、これまたおいしい。

ティナちゃんも、キャーキャーと、うれしそうな声をなんどもあげながら食べている。

そうして、食事が終わると、バースデーケーキのろうそくに火が灯された。

あたしたちはハッピーバースデーの歌を歌う。

「ティナちゃん、おめでとう〜〜!!」

その場にいた全員から拍手が起こると、ティナちゃんの目から涙がこぼれた。

「やだ、もう。ろうそくの火がにじんで見える。」

ティナちゃんは言いながらも、いっきにろうそくに息をふきかけた。みんなでまた拍手する。

「ありがとうございます。」

ティナちゃんは涙を流しながら言った。

「わたし、もしもここに来なかったら、ぜったいグレてたと思う。学校も家も、大きらいで、自分がいるところなんて、どこにもなかったから。

でも、ハナビに会って、ここに来られて、みんなに良くしてもらって……。ほんと、うれしい。ほんと、幸せです！」

あたしはティナちゃんに思いっきり拍手を送りながら、思った。

こんなにきれいで、お父さんもお母さんも俳優で、テレビや映画にもばんばん出ている有名人の娘なのに、今まで幸せじゃなかったなんて、だれが信じるだろう。

最後にプレゼントをわたすと、ティナちゃんはとび上がって喜んでくれた。

「これ、エプロンじゃ、もったいないわ。わたし、お出かけ用の服にする！」

ティナちゃんは実際に着て、ファッションショーのように、リビングを歩いてみせた。

楽しい時間がすぎようとしていたとき、ヤマト君があらたまった感じで、

「話があるんだけど……。」

と切り出した。その表情が、とてもきびしいので、あたしの胸はどきどきする。

「じつは、おやじがロサンゼルスに転勤になって、いっしょに行こうってさそわれた。環境が変われば、今の母さんともうまくいくかもしれないって。なにより弟が、おれがいなくなって、すごくさびしがってるって……。

最初はぜったいに行くもんかって思った。だけど、おやじ、毎日メールで、ロスはこんなところだとか、いろいろ言ってきて……。前に愛子さんに、父親なりの愛情かもって言われたけど、だんだんそうなのかもしれないって……。

結局はおれ、にげてただけで、一度もちゃんと向き合ってこなかったんだって……。

だから、すぐに日本にもどってきちゃうかもしれないけど、とにかく今はいっしょに行ってみようかなって……。」

「えっ！」

思わず声が出た。

ヤマト君が行っちゃう。遠いところへ……。

ここから、ヤマト君がいなくなっちゃう……。

その思いは黒い霧のように、あたしの心をおおってくる。

そんなあたしの思いに気づくはずもなく、ヤマト君は続けた。

「さっき、ティナちゃんが言ってたけど、おれだって、ここに来てなかったら、どうなってたかわからない。ほんとに良くしてもらって……、楽しくて……。

こんなこと、自分に起こるなんて、思ってもみなかった。だから、夜カフェで、そう思える子どもたちが増えたらいいなって思う。おれ、ぜったい帰ってきます。ダメだと言われても帰ってきて、やっぱり夜カフェをいっしょにやりたい。

だけど、そうするためにも、一度はにげてきたものに向き合わなきゃいけないって、今はそう思うんです。」

ヤマト君が言い終えたとき、愛子さんが強く拍手する。

「すばらしいわ、ヤマト君。ほんとにすばらしい。わたしたちは、もちろんさびしくなるけど、でも今は、ヤマト君の勇気に拍手だわ。」

「そうですよ。いよっ、ヤマトって感じ。」

早紀ちゃんも言い、愛子さんといっしょに拍手をする。ヤマト君は、てれくさそうだ。だけど、ふいに思い出したように、

「それから……。」

と言って、愛子さんに封筒を差し出した。

「これ、めちゃくちゃ少ないけど、今までの食費です。そのために、バイトしてたんで、受け取ってもらえますか？」

「まあ！」

愛子さんは声をあげると、ふいにニッコリした。

「じつはね、ないしょにしてほしいって、たのまれてたんだけど、前にヤマト君のお父さんがいらしたとき、食費にしてほしいとおっしゃって、お金を置いていかれたのよ。

だから、これはヤマト君にお返しするわ。せっかく一生懸命バイトしたんだもの。自分のために使ってほしいわ。」

愛子さんがもどした封筒を、ヤマト君はぼんやりながめている。きっと今、いろいろな思いがこみあげているんだ……。あたしだって……。

ティナちゃんが、あたしを気づかうように見ている。しかたなく、あたしはむりに笑みをうかべた。

泊まっていくと言ってたティナちゃんが、急に帰ると言いだした。

「いつものように、ハナビとヤマト君、送ってね。」

ティナちゃんが言ったとき、すぐにわかった。ティナちゃんは、あたしとヤマト君が二人で話す時間を作ってくれようとしたのだ。

愛子さんと早紀ちゃんに見送られて、ティナちゃんはあたしたちと家を出る。

外に出ると、もう雨はやんでいて、空にはぼんやりと三日月が出ている。

ティナちゃんを送るあいだ、だれもほとんど口を開かない。

あたしなんて、ちょっとでもなにか言おうものなら、涙が出てきそうで、なにも言えない。

ティナちゃんを送った帰り道も、同じような状態だった。

ちょうど公園の前を通りかかったとき、ヤマト君はなにも言わずに公園に入っていった。そして、このあいだリサちゃんが乗っていたブランコに乗る。

あたしもとぼとぼついていき、となりのブランコにこしかける。

「ごめん。」

ブランコをこぎながら、ヤマト君は言った。

「おれだって、愛子さんちにいるほうが、ぜったい楽しいって、わかってる。でも、今は、やっぱり行かなきゃいけないって思うんだ。」

「わかってる……。」

「で、いきなりだけど、明日、愛子さんちを出る！」

「あ、明日？」

あたしは半泣きになりながら言う。そ、そんなのって……。

「そう。いつまでもいると、行けなくなる気がして……。」

「う、うん……。」

「いろいろ、ありがとな。」

ヤマト君はブランコをこぐのをやめて、あたしを見た。

「おれ、おまえにも、すごく感謝してるんだ。最初は、ただのわがままなやつかと思ってたけど、そうじゃなくって、せっかく直したバッグをつきかえされても、怒るどころか、

わざわざその子をうちに連れてきて……。
おれだったら、ぜったいゆるさなかった。でも、そのおかげで、ティナちゃん、あんなに変わったじゃないか。すげえことするんだなって、さすが愛子さんの姪っ子だって思ったよ。なんか大切なことを教えてもらった気がする……。」

「そ、そんなこと……。」

もう言葉にならなかった。

「夜カフェのこと、たのむぞ！」

うんと言おうとして、また涙がこぼれる。

「そろそろ帰ろうか？」

ヤマト君はそう言うと、いきおいよくブランコから飛びおりた。あたしも、ゆるゆるおりる。涙を見られたくないから、歩きだしてからは、ずっと空を見上げてる。

うかんでる三日月が、あたしの心のようにゆらゆらゆれる。

いつからなんだろう。こんなに好きになっていたのは……。

最初はこわかったのに、自分でも気づかぬうちに、ヤマト君はあたしの中で、大きくなっていた。

愛子さんちにいるのは、ほんとに楽しいけれど、もしもヤマト君がいなかったら、これほどまでに幸せだっただろうか。

どうして？　どうして今になって気がつくの？　ニブいよ、ニブすぎる……。

ほんとは言いたいのに。行かないでって。行っちゃいやだって。

言葉がのどの真ん中で、つまっている。息が苦しい。

もう家が見えてきた。カフェにも、ほんのりと明かりが灯ってる。

「じゃあな。」

ヤマト君はあたしをふりかえり、そうひと言言うと、二度とふりかえらずに、さっさと家の中に入っていった。


次の日、目が覚めると、ヤマト君はもういなかった。

リビングに行くと、食卓の上に、ぽつんと古びたノートが置いてある。

中に、ロサンゼルスの街並みを写した絵はがきがはさんであった。その裏には――。

『ハナビへ　これは、亡くなったオフクロのレシピノートだ。おれは、これを見て、料理を覚えたんだ。
よかったら、参考にして。焼きポテトサラダについても書いてある。あれは、じつはイカの塩からが入ってるんだ。それがおいしさの秘密だよ。　大和』

ノートをめくりながら、新たな涙が次々にあふれた……。

（つづく）

HANABI's Recipe

ふわふわオムライス

材料（2人分）

とりもも肉……80g
卵……３個
たまねぎ……４分の１個
ごはん……300g（大人の女性用茶碗で２杯）
A（牛乳…大さじ１、マヨネーズ…大さじ１）
塩……ひとつまみ
コショウ……少々
ケチャップ　　サラダ油

ヤマト君ポイント！
これで卵がフワフワになるの！

作り方

＊ごはんはかならず温かいものを使ってね。冷えている場合は電子レンジにかけて温めておいてね。

• • •

1．とり肉をひと口大に切ります。
2．たまねぎをみじん切りにします。
3．ボウルに卵を割り入れてよくとき、Aを入れてさらによくまぜます。

ここからの作り方は１人分だよ♪

4．中火でフライパンを熱し、サラダ油大さじ１を入れ、１の半量をいためます。
5．肉の色が白く変わったら、２の半量を入れ、透き通るまでいためます。
6．５に塩、コショウをふり、弱火にしてからケチャップ大さじ１を入れて、まぜるように軽くいためます。
7．６にごはんの半量を入れて、へらでざっくりまぜながらいためます。色ムラがなくなったら、火を止めます。
8．７を平らなお皿にもりつけます。（７をお椀に入れ、もりつけるお皿でふたをして、ひっくりかえすと、形が丸く整って、さらに本格的に！）
9．フライパンを一度洗って水けをふいてから、中火で熱し、サラダ油大さじ１を入れ、３の半量を流しこみます。
10．９を軽くかきまぜて広げ、半熟状になったら、火を止めます。
11．10をすべらせるように８にのせ、ケチャップを好みの量かけて、できあがり！

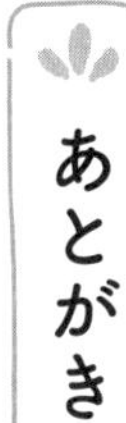

あとがき

いよいよ新シリーズ、『夜カフェ』が始まりました。

みんなで集まって、いっしょにごはんを食べるって、いいなあっていう、わたし自身の体験から、この物語が生まれました。

我が家には、たくさんの人たちが出入りしています。年齢はいろいろですが、毎日、七、八人はいるかな。

そのみんなで、ワイワイ言いながら、いっしょにごはんを作って、食べる——。それがものすごく楽しいし、食事もすすみます。

わたしより、う〜んと若い人たちの話を聞くのは、とっても参考になるし、刺激にもなります。そういう中から物語のヒントを得たりします。

そんな楽しさを伝えたいなって思って書いたのが、今回の作品です。

どういうわけか、うちに集まる人たちは、手作りが大好きというのが共通点。バッグやアクセサリーなど、わりとかんたんに作ってしまいます。

ぶきっちょなわたしは、ただただ驚くばかりです。

自分で作ったものって、こだわりもあるし、愛着もわく。なにより、自分がほしいものを形にできるって、ほんとにステキ。

そうだ、それなら手作りが大好きな子を主人公にしよう！と思い立ちました。

すると、講談社さんのほうで、『手作りミーティング』を企画してくださいました。そうして集まってくれたみなさんが持ってきてくれた手作りのものにビックリ。

樹脂粘土で作ったパンと、それを売るミニチュアの店。フェルトで作ったスマホケース、マリー・アントワネットの切り絵や、ぬいぐるみ、デニムのエプロンまで。

みんな、小学生と中学生だったのに、すごく上手。みずきちゃん、はるかちゃん、みひろちゃん、のえるちゃん、ゆきちゃん、ほんとうにありがとうございました。

この物語の主人公ハナビも、今後いろいろなものを作っていく予定ですが、みんなのように上手にできるかどうか……。

ハンドメイドのほか、お料理も、かんたんなものをのせたいと思っています。みんなが

「自分も作ってみようかな？」って思ってくれたら、うれしいです。

毎日のなにげないことで、もしも自分を変えることができたら……。そんな願いをこめて、『夜カフェ』をおとどけします。

今回、イラストを担当してくださったのは、たま先生。ほんとうにステキな人たちを描いてくださって、大感激です。これからもよろしくお願いします。

では、二巻もがんばりますので、どうか応援してくださいね。

倉橋燿子

＊著者紹介

倉橋燿子（くらはしようこ）

広島県生まれ。上智大学文学部卒業後、出版社に勤める。その後、フリーの編集者、コピーライターを経て、執筆活動をはじめる。おもな作品に、『パセリ伝説（全12巻）』『パセリ伝説外伝　守り石の予言』『ラ・メール星物語（全５巻）』『ポレポレ日記（ダイアリー）（全５巻）』『生きているだけでいい！　馬がおしえてくれたこと』『小説　聲（こえ）の形（全２巻　原作・大今良時）』「星カフェ」シリーズ（いずれも講談社青い鳥文庫）、『倉橋惣三物語　上皇さまの教育係』（講談社）、『風の天使（エンジェル）』（ポプラ社）などがある。

＊画家紹介

たま

岩手県出身。2009年、イラストレーターとして活動開始。初音ミクなどボーカロイドのイラストを数多く手がける。

児童書のさし絵に「星カフェ」シリーズなどがある。

スマホゲーム「＃コンパス～戦闘摂理解析システム～」のマルコス'55のキャラクターデザインも手がける。

この作品は書き下ろしです。

講談社 青い鳥文庫

夜(よる)カフェ①

倉橋燿子(くらはしようこ)

2018年10月15日 第1刷発行
2024年10月23日 第14刷発行

(定価はカバーに表示してあります。)

発行者 安永尚人

発行所 株式会社講談社
東京都文京区音羽2-12-21 郵便番号112-8001
電話 編集 (03) 5395-3536
販売 (03) 5395-3625
業務 (03) 5395-3615

N.D.C.913 190p 18cm

装 丁 大岡喜直(next door design)
久住和代

印 刷 TOPPANクロレ株式会社

製 本 TOPPANクロレ株式会社

本文データ制作 講談社デジタル製作

KODANSHA

ISBN978-4-06-513474-0

「講談社　青い鳥文庫」刊行のことば

太陽と水と土のめぐみをうけて、葉をしげらせ、花をさかせ、実をむすんでいる森。小鳥や、けものや、こん虫たちが、春・夏・秋・冬の生活のリズムに合わせてくらしている森。森には、かぎりない自然の力と、いのちのかがやきがあります。

本の世界も森と同じです。そこには、人間の理想や知恵、夢や楽しさがいっぱいつまっています。

本の森をおとずれると、チルチルとミチルが「青い鳥」を追い求めた旅で、さまざまな体験を得たように、みなさんも思いがけないすばらしい世界にめぐりあえて、心をゆたかにするにちがいありません。

「講談社　青い鳥文庫」は、七十年の歴史を持つ講談社が、一人でも多くの人のために、すぐれた作品をよりすぐり、安い定価でおおくりする本の森です。その一さつ一さつが、みなさんにとって、青い鳥であることをいのって出版していきます。この森が美しいみどりの葉をしげらせ、あざやかな花を開き、明日をになうみなさんの心のふるさととして、大きく育つよう、応援を願っています。

昭和五十五年十一月

講　談　社